九歌
一〇八年
童話選
早起的鳥兒有蟲吃
2019

林哲瑋 主編

得主

管家琪

作品

搶救玩具店

九歌108年童話選小主編推薦獎得獎感言

◎管家琪

記得看過一種說法，如果每個家長都能一直用孩子出生當天的眼光來看待孩子，親子關係一定會和諧得多；那時，只要孩子身體健康、四肢健全，我們就已經非常滿足，滿心歡喜，信誓旦旦的宣稱只要孩子健康快樂就好，可是後來我們對孩子的要求卻愈來愈多……

我一直很喜歡「初心」這個詞，儘管它現在好像已經有一點被用得太俗爛了。無論是為人父母，或是做任何事，如果能時時不忘初心，我們才不會偏離自己的方向，也才不會失去向上的動力。

108年童話選 目錄

貼紙人

／李柏宗

◎ 插畫／李月玲

作者簡介

小鎮教師，喜歡說故事。人生目標是不要成為無聊的大人。

童話觀

現在的自己，想寫出一種大人也喜歡看的童話。把小孩的純真放進故事，讓看的無論是大人小孩，在看完故事後都把那份純真放進心裡。

幼稚園校車上，坐在首排的某個男孩拿著一張貼紙，跪坐墨綠色皮椅轉身向後。拿著貼紙的手宛若魔術師將要進行一場精采的秀，從他之後的小孩睜大眼地望著男孩，還有人因為校車就要先到自己家了，眼神特別急切。

「今天要告訴大家一個天大的祕密！」男孩晃了晃手上的貼紙，「其實我不是一般的人類，我是貼・紙・人！」名叫阿凱的男孩說完，竟把貼紙慢慢靠近自己的嘴邊……吃掉！

校車裡隨即爆出如雷的掌聲！大家用彷彿看著英雄的眼光投向阿凱，驚嘆他怎麼能做出這麼酷的事，難道都不怕拉肚子嗎？馬上起鬨著「再一張」、「再一張」的安可請求。在英雄與民眾的角色劇中，只有坐在校車最尾的另個眼鏡男孩沒有跟著起鬨，安靜的看著窗邊。好似無法融進其他人，小小孩們的歡樂也無法感染他。

阿凱當然也注意到了阿日的「不合群」，這個瘦弱又不愛講話的同學真的很難當朋友。雖然連大家很怕的野貓野狗在偷跑進幼稚園裡時，只有阿日敢擋在女生們面前，野貓野狗也都奇蹟似的乖乖走開。但每次阿凱表演英雄劇場的時候，明明每個人都很捧場的大笑，阿凱也順理成章的成為班上的孩子王，阿日的沉默卻讓阿凱覺得自己好像小丑。

阿凱是知道的，阿日的夢想就是成為英雄。

但不會有英雄是一天裡偶爾才講兩三句話的陰沉傢伙。

所以阿凱才是英雄，就算今天不是，有一天他也會變成英雄，今天他就先變成「貼紙人」來逗笑大家。表哥說的那一套什麼吃下西瓜籽肚子裡就會長出西瓜什麼的他才不相信（他六歲了，已經夠成熟了，才不會像以前一樣相信一些亂七八糟的東西），吃下貼紙大不了也就拉肚子而已吧？

就在阿凱在大家驚嘆的眼光中要吞下第三張，也是最大張的貼紙時……

「碰！」

等到阿凱因為站在走道表演所以因為衝擊力飛起來，他馬上就知道一定車禍了。他夢想過很多次能飛的時刻，有雲有山有海，有一大群怪獸，有需要拯救的人們。卻沒想到第一次飛起來是看著大家緊抓著前座的椅子，害怕得都閉起了眼睛。

笑容呢？明明努力又努力好不容易才讓你們都拿出笑容的。

但阿凱發現自己也沒法笑了，這個瞬間很快會過去，等他結束這次飛行時他一定會痛到沒辦法笑的。

只有一個人在這個瞬間沒有因為害怕閉上眼睛，就是連這個緊張時刻也「不合群」的阿日，坐在校車最尾端，阿日也是緊抓前座的椅子，卻一點也不害怕的睜大眼睛，彷彿早已準備好要接住阿凱不讓他受傷。

「你真的很煩。」阿凱想著，隨即也被名叫「害怕」的怪物抓住，在將要降落時閉上了眼睛。

*

阿日發現自己有超能力是在進幼稚園的前一年，三歲的時候。

在吃早餐的時候他發現自己可以叫出身體部位圖樣的貼紙，像投影的光一樣浮在他面前，而且和他一起吃早餐的媽媽卻怎麼也看不見，還走到餐桌這邊摸了摸阿日的額頭深怕他發燒，腦袋秀逗了。

等到他好奇的撕下了有著嘴唇形狀的貼紙，隨手貼到媽媽為他煎的荷包蛋上頭時……「蛋破啦！」「蛋破啦！」「我很營養吃下我就會健健康康！」

——那顆才剛剛被他戳破的荷包蛋竟然說話了！

而且這次連媽媽都聽到了！媽媽嚇得從椅子跌到地上，下一秒再衝到阿日身邊將他抱離餐桌，像個卡通裡的英雄反過來恐嚇荷包蛋：「不管你是什麼，都不准對我的孩子做什麼！」阿日覺得抱著他的媽媽真是帥翻了，就要謝謝媽媽時卻發現他一句話也說不出來。對了，就連剛剛荷包蛋說話時他嚇得想要大叫也叫不出聲。

阿日瞄了瞄荷包蛋上貼著的「嘴巴貼紙」，難道……

阿日用力推開了緊張兮兮的媽媽，衝到餐桌那把荷包蛋上的「嘴巴貼紙」撕了起來，果然荷包蛋就馬上不再發出聲音。阿日再小心翼翼把媽媽看不見的貼紙放回到貼紙本中，虛擬光影的貼紙本便又隨即消失。

就是從這一刻開始，阿日和阿日的爸爸媽媽都知道了阿日的貼紙超能力。

爸爸媽媽透露他們其實也有貼紙超能力，所以阿日才能擁有這個其他人都無法擁有的神奇力量。

媽媽後來說她在生下阿日以後，也把「美麗貼紙」貼在了阿日身上，所以媽媽皺紋越來越多，身材也比生他之前圓潤了些。當阿日吵著要媽媽把「美麗貼紙」拿回去不要為了阿日犧牲自己時，媽媽卻笑說不行的，每個人的貼紙能力都有自己的限制：爸爸媽媽的貼紙能力限制就是一旦把自己的貼紙給別人，就再也撕不下來。「是非常非常非常牢固的貼紙喔！」媽媽還連用三個非常來打斷阿日到處在身上找「美麗貼紙」，想要撕下來還給媽媽的決心。

「把拔給你的是『頭髮貼紙』啦！不然你以為那顆小光頭怎麼會頭髮越長越多……」爸爸搔了搔他的頭，比起年輕時候的爸爸，現在的確稀疏許多。這句話把媽媽逗得大笑，表示爸爸不管頭髮多頭髮少媽媽都會很喜歡爸爸，那阿日也就不用忙著在頭上找「頭髮貼紙」還給爸爸了。

爸爸媽媽也叮嚀阿日，超能力一定不要給別人知道，不然他們一家人很可能會被邪惡科學家給抓到研究室去做各種討厭的實驗。爸爸沒辦法好好上班，媽媽沒辦法好好打掃，最重要的是如果連晚上都要做實驗，他們都沒辦法好好睡覺了！

阿日上幼稚園之前，唯一忍不住透露給她知道的人是媽媽的阿嬤，阿嬤的媽媽，所以阿日都叫她阿嬤嬤。

阿嬤嬤九十多歲了，跟阿公阿嬤一起住在鄉下的三合院。比起很健談的阿公阿嬤，阿嬤嬤一句話都不會講，每天最喜歡做的事就是坐在正厝邊的矮凳上，望著天空，藍藍的天空也望、灰濛濛下小雨的天空也望，要不是下大雨時會被阿公阿嬤扶到房間裡休息，阿日懷疑阿嬤嬤可以坐在矮凳看一個月的天空都不會膩。

後來媽媽才跟阿日說阿嬤嬤其實兩隻眼看不見。

「那為什麼一直往那邊的天上看呢？」

「因為那是阿公現在住的地方。」

阿日想著阿嬤嬤除了耳朵還有點能聽，不會說話也看不見，日子一定少了許多好玩的地方。所以有次阿日趁其他大人都在厝內的客廳聊天時，另外拉了一張矮凳坐到阿嬤嬤身邊，把虛擬光影的貼紙本召喚出來，把有著眼睛圖樣的兩張貼紙拉了一張貼在阿嬤嬤的身上。

右眼的世界馬上越變越模糊，漸漸的連光都透不進時，阿日的右眼就什麼都看不見了。阿嬤嬤的右眼卻睜得大大的，驚訝得第一次把視線從天空那邊離開，看著閉起右眼只用一隻眼睛看著自己的阿日。阿日於是逐一伸出指頭，「我是阿嬤嬤的女兒的女兒的……對！還有一次……的兒子！」總共記了三支指頭，再用那三支手指頭指向天空那一邊，「那是阿公公住的地方，現在阿嬤嬤知道怎麼去找阿公公了嗎？」

那是唯一一次阿嬤嬤伸出手輕撫阿日的臉。

那是唯一一次阿日聽見阿嬤嬤說話：「乖孫，兜蝦……」

哪是唯一一次阿日看見阿嬤嬤笑得這麼開心。

笑得開心的阿嬤嬤又轉回去看藍藍的天空，好像天上的白雲都是棉花糖可以大吃特吃那樣笑得很開心，然後就這樣笑著閉上了可以再次看見藍色天空的眼睛。就這樣一動也不動了。

等到阿日發現貼在睡著的阿嬤嬤身上的「眼睛貼紙」開始變暗，趕緊撕回來放在自己的貼紙本上時，「眼睛貼紙」的亮度已經只剩一半，等到阿日的右眼又可以看見世界，世界卻變得比原先模糊上許多。後來去看眼科醫生時，醫生說阿日的視力不知為何從1.0變成了0.5，阿日只好配了副眼鏡，安慰自己至少阿嬤嬤有一天想去找阿公公時能藉著他的半張「眼睛貼紙」看見心愛的阿公公。

＊

夢想成為英雄的阿日總是偷偷把貼紙能力用在幫助他人身上。

好吧，有時不一定是幫「人」。

獸王是一隻壯碩的流浪黑狗，獸王這名字是在牠和阿日第一次見面時阿日替牠取的，雖然他們第一次見面的場合有些尷尬：牠因為被人類駕駛的摩托車給撞到，前腳骨折，痛得只能躺在馬路邊。

那時年輕的黑狗很憎恨人類，尤其就是人類把牠撞成這樣。牠看過很多被車撞的狗前輩，知道這一輩子牠很可能只能用三隻腳跳啊跳的，成為一隻一點威嚴也沒有，真正意義上的可憐流浪狗了，這種狗在搶地盤時很容易被瞧不起，一下子就會被狗群淘汰。於是在人們經過牠時黑狗吼著：「滾開汪！

我不要你們這些人類的同情汪！」嚇走了每個要靠近牠的人類。雖然到最後獸王已經分不清楚牠的嚎叫到底是在把人類趕走或者只是痛得大叫，牠覺得自己就要昏死了，世界天旋地轉……

「你是我見過最大隻的狗狗，你一定就是獸王吧？」世界天旋地轉，黑狗發現自己的叫聲已經虛弱到連一個小男孩都嚇不走了，「知道獸王嗎？平常躲在人面獅身像裡，魔王出現時就會現身對抗惡勢力的那個獸王？」男孩溫柔的說著，擺出了一個噓的動作，「你好，我叫阿日，年紀很小，這麼壯的你就先幫還沒長大的我拯救世界好嗎？」

阿日於是叫出了貼紙本，把兩張「手臂貼紙」的其中一張貼在黑狗的身上。

黑狗一下子跳了起來，驚訝自己竟然又能夠正常活動，而眼前小男孩的一隻手垂了下來，受傷的樣子就像不久被車撞到的牠，顯然骨折了。黑狗看著眼前因為受傷而大哭的男孩，看見他的爸爸媽媽發現小男孩因為莫名受傷大哭急得也哭了，看見人類的救護車閃著燈「喔伊」「喔伊」的出現，接走了手骨折的阿日。

救護車閃著燈「喔伊」「喔伊」的離開，黑狗伸出完好無損的前腳看了看。最悲慘的夢魘才剛剛從他身上離開，救牠的竟是一個牠最討厭的人類。

不，現在是「曾經」最討厭的人類了。

黑狗決定牠以後行走江湖的名號就是「獸王」。

一年後獸王就因為有領導能力又能照顧弱小的狗狗統治了一塊很大的地盤。沒想到某次在處理手下的糾紛時，牠竟然又在某間人類的幼兒園遇見了阿日。

人類幼兒園的老師們因為都很有愛心，所以常常會準備食物給流浪的狗狗吃，自然就成了流浪狗眼中的肥沃地盤，是不同狗群的兵家必爭之地，在獸王用牠的威望贏下這塊找食物的絕佳地盤後，牠就很自然地成為了牠們狗群的首領，甚至其他狗群的狗民也想加入獸王的狗群接受獸王的庇護。

直到一個叫阿凱的小孩踢翻了老師準備給狗群吃的點心碗，卻又學牠們汪汪叫的嘲笑牠們，惹起狗群不滿。人有自尊狗狗當然也有自尊，就在平常溫馴的牠們因為被嘲弄而變成凶神惡煞的模樣時，阿日跳了出來，擋在被嚇哭的小女生小男生們面前：「不准欺負他們！」阿日雙腳顫抖著，顯然他其實也很害怕。狗群對著阿日嚎叫，但因他不是真正害牠們沒東西吃的凶手，就在猶豫著到底要不要在老師趕來前教訓這個小男孩時，獸王走了出來……

走出狗群，走到了阿日面前！

狗群的首領，一身霸氣的走到了阿日面前。年輕的狗群還有狗因此閉上了眼睛，就怕看見濺血的殘忍畫面。而那個小男孩卻一點也沒有害怕的模樣，反而還露出笑容；而一身霸氣的獸王走到了阿日面前後，就舔起了阿日的臉，彷彿這個身形比獸王還小上一圈的男孩，是獸王失散許久的主人。

許多狗驚訝到狗毛一下變捲了！有些狗不自覺的搖起尾巴向這個獸王臣服的對象示好！

「謝謝你，獸王，你果然拯救了世界！」阿日抱著獸王，一副天真的笑容。逗得原本害怕著的同學們也都笑了。等到老師們被逃走的阿凱催促著來救同學時，看到的已經不是流氓狗狗了，而是好多狗狗向小小孩們搖尾巴示好，小小孩們則拜託老師再替狗狗們準備食物的溫馨畫面。

那天阿日也把「手臂貼紙」拿了回來，因為他從獸王那邊得到的傷勢早已經治好，所以拿回貼紙的這個動作只是讓阿日的手變得更加強壯，對獸王的前腳則幾乎沒有影響。

那天阿日也在同學眼中從不善與人相處的沉默男孩搖身一變成為拯救世界的英雄。雖然阿日一直和獸王謝謝是牠拯救了世界，但那天最開心的其實就是在狗群手下前一直裝酷的獸王——能有機會向這個拯救了自己的小男孩道謝是多麼幸運的一件事！

在獸王眼中，阿日早就是英雄了。

*

校車裡，在那個阿凱從墨綠色皮椅跳下，興奮的站到走道上表演吃貼紙的神技時阿日就擔心，把注意放到了這個平常其實常常欺負自己的阿凱身上。

媽媽說：「正義的英雄會注意每個細節！」

所以車禍當下，坐在最後頭的阿日瞬間就能反應，把腳掌形狀的貼紙貼到了身旁的、無人坐的綠色皮椅上：「去！」「去救那個男生！」車禍當下，因為衝擊力阿日也動不了，和其他同學一樣都只能抓住前座穩住身體。但皮椅不怕受傷，所以在接獲阿日的請求後便死命向前，咻的用柔軟的椅身驚險接住了飛跌的阿凱。

在校車碰撞的小小車禍中，反而是阿日因為雙腳失去力氣，頭被推撞到前座的椅子腫了一個大包，成為這場小小車禍中唯一受傷的人；阿凱則奇蹟似的一點傷也沒有。

爸爸說：「英雄在關鍵時候要能勇往直前不退縮。」

碰撞過後，座椅則乖乖的傾斜，卸下了驚魂未定的阿凱，乖乖回到阿日身邊，讓阿日能撕回他的「腳掌貼紙」。

大家都因害怕沒能發現這一切，只有被救下的阿凱看著座椅像個寵物乖乖回到阿日身邊，再回到原本的位置一動不動好像剛剛的救人行動只是一場夢。原來真正有著超能力的人一直都是那個默默幫助大家的阿日。

「你到底是誰？」當同學都漸漸回神後，倒在地上怕得暫時還爬不起來的阿凱忍不住看著坐在校車最後面，一直揉著額頭的阿日問。

阿日露出了和陽光一樣燦爛的笑容，彷彿等這問題已經等了許久……

本文榮獲一〇八年教育部文藝創作獎童話組佳作

編委的話

● **黃晨瑄**

貼紙人的神奇魔力真是太令人羨慕，更讓人佩服的是，他總是用他特別的超能力去幫助人。如果世界上有更多的貼紙人，那麼世界將變得更加美好！

● **葉力齊**

在文章特殊的設定下，阿日可用貼紙和他人換取身體部位，讓阿日有能力可以幫助許多人和動物，也讓文章更有趣生動。

● **謝沛芸**

故事中最讓我感動的是，阿日給了阿嬤嬤自己一半的眼睛度數，從此需要戴眼鏡，只為了讓阿嬤嬤可以在天堂找到阿公公。阿日不只是貼紙人，更是犧牲自己完成別人夢想的英雄。

星空下的旋轉木馬

／施養慧

◎ 插畫／蘇力卡

作者簡介

鹿港人，台東大學兒童文學研究所畢業。致力於童話創作，已出版《小青》、《不出聲的悄悄話》、《338 號養寵物》、《好骨怪成妖記》、《傑克，這真是太神奇了》，曾獲台東大學兒童文學獎。

童話觀

童話是最浪漫的一種文類，不僅讓凡人上山下海，也讓人間成了有情世界。

百貨公司頂樓的廣場上有座旋轉木馬，那是個小型的旋轉木馬，只有內外兩層，大馬跟小馬的區別。

業者特意將所有的木馬都漆成白色，還是無法吸引遊客的目光。因為木馬旁邊就聳立著一座耀眼的摩天輪，與在高空中旋轉的摩天輪相較，只能在地上旋轉的木馬就顯得渺小而無趣。

這群木馬等了大半天，只載了幾位零星的客人，還有個小孩坐到一半就吵著要改搭摩天輪。尤其到了炙熱的午後，更是乏人問津。好不容易等到太陽下山，星星都出來了，遊客才漸漸多了起來。

小傑跟媽媽剛走進廣場，「嘩！」旋轉木馬的燈光就全部亮了起來，木馬在燈光與黑夜的烘托下，匹匹都成了駿馬。

「我最喜歡旋轉木馬了。」媽媽說，「旋轉木馬跟仙女棒一樣，在黑夜中都有一股說不出的魔力。小時候只要去遊樂園，我一定會坐旋轉木馬。走！

現在沒什麼人，陪我去坐一回。」

小傑跟媽媽並肩騎著一大一小的木馬，等著音樂響起。

今夜無月，萬里無雲，整個天幕都是星的舞台，射手座也清晰可見。人馬居高臨下，朝木馬射出金箭。

「咻！」箭頭碰觸到馬棚的尖端就化為金色粉末，緩緩飄落，所有的木馬都醒了，仰頭嘶鳴，奔向四方。載著小傑母子的木馬也踩著摩天輪，一前一後奔上夜空。從鬃毛與馬蹄抖落的粉末，是一朵朵開在夜空的小火花。

媽媽張開雙臂迎著涼爽的夜風，指著滿天的星斗說：「那是夏季大三角，牛郎、織女跟天鵝的尾巴……」話剛說完，木馬已經奔到銀河邊，媽媽順手撈起了一把星沙。

「好美呵！」小傑連抓了兩把，塞入口袋裡。

木馬沿著銀河不斷的往前奔。

「有人！」

一名女子站在無法靠近的沙丘上，癡癡的望著對岸。

「是織女。」媽媽說完，將雙手搗成喇叭叫道：「我幫妳送信！」

織女解下肩上的粉色披帛，再從銀河撈出一條鯉魚，將披帛的一端繫在鯉魚身上後，放入河裡，最後拋繡球似的將披帛甩向媽媽。

「交給我了！」媽媽說完，拽著馬頭，要馬兒強行渡河。

「這……」原本擔心的小傑，發現涉水對木馬來說是輕而易舉的事，便開玩笑叫道：「媽，妳一邊遛馬一邊遛魚吔。」

木馬泅泳了一陣後，上岸，停在滿臉驚訝的牛郎跟孩子面前。

「這是織女給你的。」

「謝謝！」

鯉魚一到牛郎手中，竟然變成木雕的魚。牛郎戳了一下魚眼睛，鯉魚馬上一分為二，魚腹中藏著一封信。

「娘說什麼？」織女的一雙兒女叫道。

「你娘說……加餐食……長相憶。」

「欸！」一陣狂風將小傑母子吹回廣場，所有的木馬都歸位，音樂也停止了。

母子倆並肩走著，一路無話。

「媽！」小傑從口袋抓出一把沙子說，「會發亮。」

——原載二〇一九年十一月二十六日《國語日報．故事》

編委的話

● 黃晨瑄

牛郎和織女是傳說的淒美愛情故事，故事中的旋轉木馬幻化成一匹匹白馬，可以穿越浩瀚的宇宙，為相見不易的兩人傳信送情。我好希望自己可以乘坐這樣特別的旋轉木馬，來一段穿越古今之旅。

● 葉力齊

看似普通的旋轉木馬，卻暗藏著神奇的力量。把小傑和媽媽送往一場神奇的旅程，如果我遇到旋轉木馬，肯定也會騎上去，玩個過癮。

● 謝沛芸

這是一篇浪漫又夢幻的故事，在夏夜的星空下，旋轉木馬化身為白馬帶著鯉魚幫織女送信給牛郎，寄託自己思念，光想像就覺得這個畫面一定很美。

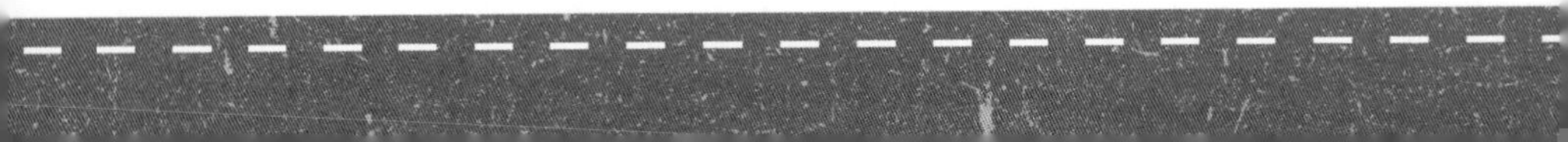

小烏鴉喝水

／楊福久

◎ 插畫／吳嘉鴻

作者簡介

中國作家協會會員，中國寓言文學研究會理事，鐵嶺市兒童文學學科帶頭人。出版文史書籍三十部，在海內外四百多家媒體發表作品七千多篇，二百多篇作品被選入一百多種課本和專集，諸多作品被中國作家網等海內外五十餘家網站轉發，獲中外童話大賽成人組唯一一等獎、全國寓言創作「金駱駝獎」等百餘項。

童話觀

童話是童心、童真、童趣、童言的兒童文學外在表現形式，是「陽光文學」、「朝陽文學」，是純淨人們心靈、鼓舞人們昂然向上向善的文學。我喜歡童話，喜歡童話寫作，更喜歡兒童。兒童和兒童文學編輯們為我創作童話提供了不竭的源泉。我深深地感謝他們！

太陽火辣辣的烘烤著大地，小烏鴉和烏鴉媽媽練習飛行落到了一望無際的黑土地上。

「孩子，口渴了吧？」烏鴉媽媽指著不遠處裝著不多水的瓶子，對小烏鴉說。

小烏鴉到了瓶子跟前，見那高高的細細的瓶子，知道自己的嘴搆不到裡面的水。

這時候，烏鴉媽媽問：「孩子，有辦法喝到瓶子裡的水嗎？」

「有，」小烏鴉滿懷信心回答，「我找石子去。」他想起了〈烏鴉喝水〉的寓言故事了。

可是，這黑土地上一個石子也沒有，只有一棵棵大南瓜正旺旺的長著。小烏鴉左找右找，怎麼也找不到石子，急得眼淚要掉下來了。

「那個辦法不行了，就想想別的辦法啊。」烏鴉媽媽走過來，指著大南瓜秧子說。

「大南瓜秧子？」小烏鴉走近大南瓜秧子，仔仔細細的瞅起來——南瓜花、南瓜秧、南瓜鬚、南瓜葉，最後在南瓜葉柄上看出了什麼。他一邊想，這南瓜葉柄是不是空心的呢？就一邊摘下來一枝南瓜葉柄，掐去南瓜葉子，「哇——南瓜葉柄真的是空心的哪！」

小烏鴉高興極了，把南瓜葉柄插到瓶子裡，很快的喝到了瓶子裡的水。

烏鴉媽媽見了，表揚了小烏鴉，鼓勵他：「以後就這樣多多動腦子，就會有辦法的了！」

不久，到了秋天。小烏鴉和烏鴉媽媽飛到了一大片紅薯地裡，在地裡勞動的農民伯伯放了幾瓶子清水在地頭上。

烏鴉媽媽雖然知道小烏鴉不渴，但還是對小烏鴉說：「孩子，這裡既沒有石子，又沒有南瓜葉柄，若要喝到這高高的細細的瓶子裡的水，你有什麼辦法嗎？」

小烏鴉瞅瞅紅薯蔓上的紅薯葉柄，笑著回答：「媽媽，我有辦法了！」

說著，小烏鴉動手去摘紅薯葉柄。烏鴉媽媽笑了，問：「它和南瓜葉柄會是一樣的嗎？」

「因為它們都是蔓生植物呀，我想是應當一樣的了。」小烏鴉說著掐去了紅薯葉子，一下子驚呆了——這紅薯的葉柄不是空心的，是實心的！

烏鴉媽媽笑了，問小烏鴉：「孩子，明白什麼道理沒有啊？」

小烏鴉紅著小臉回答：「明白了，不同的植物是有不同的特點的。我想，一定還有別的植物的莖是空心的。媽媽，等我找找看。」

說完，小烏鴉就飛出紅薯地，遠遠的看見了一大簇長得高高的狗尾巴草。狗尾巴草不僅長得高，而且草穗的莖也是長長的細細的。

「這狗尾巴草的草莖是不是空心的哪？」小烏鴉一邊想著，一邊掐下來一段。「哇——」那一瞬間，他高興的跳了起來——狗尾巴草的草莖真的是空心的啊！

烏鴉媽媽見小烏鴉帶著狗尾巴草的草莖回來了，很高興的誇獎小烏鴉：「好孩子，這就對了，多想想多跑跑多看看，就會長見識和學到新的東西了。」

又過了些天，烏鴉媽媽說帶著小烏鴉去看大沙漠，讓小烏鴉自己想想一定帶上什麼東西。

「大沙漠一定缺水的，」小烏鴉想，「不過，對自己來說，缺水並不可怕，因為自己有了很多很好的喝水經驗！」所以，他沒有做這方面的準備。

出發時，烏鴉媽媽問小烏鴉都準備好了嗎？小烏鴉回答說準備好了。

到了一眼望不到邊的大沙漠，小烏鴉發現那裡真是不毛之地，除了細細的沙子，再也看不到一棵樹一株草。太陽一照，大沙漠就像蒸籠一樣的燥熱。

小烏鴉口渴了，心想這裡也會有裝水的瓶子，就到處尋找起來。

烏鴉媽媽笑了：「不要找了，這裡不會有水的。」說著，拿出一小瓶清水來，小烏鴉見是長長瓶嘴的瓶子，就樂了，對烏鴉媽媽說：「謝謝媽媽！我去找——」

「不要找了，」烏鴉媽媽攔住小烏鴉，「這裡也不會找到的！」然後掏出一枝不鏽鋼吸管。

小烏鴉一邊通過吸管喝水，一邊紅著臉說：「媽媽，這回我懂了『有備無患』的道理了。」

「好孩子，你長大了！」烏鴉媽媽把小烏鴉摟在了懷裡……

——原載二〇一九年七月十日《國語日報・故事》

編委的話

● **黃晨瑄**

作者不落窠臼的創意想法，把植物空心的莖變成了小烏鴉的吸管，讓牠可以輕鬆的喝到水，為「烏鴉喝水」又增添了一則新故事，真是有趣極了！

● **葉力齊**

文中的小烏鴉不像本來故事中的烏鴉，利用小石子來喝到水，反而遇到各種環境，要自己隨機應變，想出不同的解決方法。但不是每次都臨時抱佛腳，像烏鴉媽媽說的一樣，要「有備無患」，先做好準備。

● **謝沛芸**

烏鴉媽媽未雨綢繆，除了教導小烏鴉如何找到喝水的工具，還教會小烏鴉有備無患的道理，故事的最後突然跳出了不鏽鋼吸管，搭上了近年來的環保議題，真是有趣又特別的梗。

小馬大虎回澎湖

／王家珍

◎ 插畫／陳和凱

作者簡介

出生於澎湖馬公，大學畢業後進入英文漢聲出版公司，從此與童書出版結緣。以〈斗笠蛙〉和〈飛翔老鼠〉獲得民生報童話徵文獎後，全心投入童話創作，多年來創作不輟，自認作品還不錯，千萬別錯過。

童話觀

熱愛寫童話、沉浸在童話世界。童話要情節有趣，文字易讀優美，碰觸人心，帶給人們心靈上的撫觸。

孩子閱讀童話可以激發想像；中年人閱讀童話可以解憂消愁；老年人閱讀童話可以返老還童，希望大家都能永保童心。

瑋瑋和平平是雙胞胎兄弟，暑假過後就要升上六年級。

瑋瑋是哥哥，身材比弟弟小一號，小時候騎上木馬就不肯下來，綽號是小馬；平平是弟弟，能吃能睡，頭好壯壯個頭高，小時候最愛看巧虎，綽號叫大虎。

從小一開始，他們每年暑假都回澎湖阿公家，之前是爸爸媽媽輪流帶他們回去，今年是第五次回澎湖過暑假，卻是第一次自己搭飛機。為了獎勵他們獨立自主，也擔心他們走失迷路，兩人都得到夢寐以求的手機。

今天不是假日，飛機降落馬公機場之後，乘客都被觀光巴士或家人接走，公車候車亭只有小馬和大虎。

他倆翹首盼望好一會兒，終於等到畫著天人菊的彩繪公車，但是公車竟然過站不停，一直往前開到兩棵高大的木麻黃樹下才停車，六個等在那裡的乘

客拖著行李、嘰嘰喳喳搶著上車，好像不知道有排隊這回事。

瑋瑋和平平跑到公車旁，發現兩棵木麻黃中間有一個造型可愛的小站牌，底座用硓砧石堆砌而成，站牌上寫著：飛雞場站。這是什麼怪站牌呀？飛機寫成飛雞，真是太離譜了！

瑋瑋和平平跳上公車，卻沒看到刷卡機或是零錢箱。眼睛大如牛眼的司機拿出駕駛座旁的資料夾說：「一個一個報上大名，說出任務。」

坐在第一排兩個曬成黑炭的雙胞胎姊妹說：「我們是小雞和大狗，綽號雞飛狗跳。任務是修整菜宅，守護蔬果抗寒風。」

坐在逃生門旁旁邊那兩個戴墨鏡的雙胞胎兄弟說：「我們是小蝦和大蟹，綽號蝦兵蟹將，任務是修補古厝。」

坐在中間一對穿著椰子樹花襯衫、胖嘟嘟的可愛雙胞胎兄弟說：「我們是肥龍和胖虎，綽號龍騰虎躍，任務是修補石滬，幫助漁民捕魚不辛苦。」

司機點點頭，在紙上打勾，他看向瑋瑋和平平，說：「你們呢？」

瑋瑋和平平瞪大眼睛對看好幾眼。

「我叫小馬。」瑋瑋說。

「我叫大虎。」平平說。

「原來是『馬馬虎虎』二人組，難怪看起來又呆又矬，名單上怎麼沒有你們的名字？」司機抬起頭、睜大眼睛瞪著他們。

小馬反應很快，一邊拉著大虎往後走，一邊說：「我們是小馬和大虎，綽號馬馬虎虎，我們是實習生，還沒列入名單。」

「實習生？搞什麼神祕？花招真多！」司機碎碎念，收好資料夾，開動公車。

小馬和大虎走到最後一排坐下，偷偷觀察車上的乘客。

除了剛剛說話的那三對，還有另外沒發出聲音的幾對，全部都是雙胞胎，真是太巧了。

這輛公車走的路線很奇怪，捨棄寬闊的柏油大馬路，專走一些雜草叢生的小路；跳過熱鬧的大村莊，只在人煙罕至的地方繞。

公車在一大片澎湖特有的「菜宅」旁停下，雞飛狗跳姊妹花和另外兩對雙胞胎拎著好幾大包行李下車，司機問：「你們行李這麼多？」

他們說：「這次要修理好幾座菜宅，點心一定要帶夠。」

沒多久，公車在好幾棟破舊的硓𥑮石屋前停下來，「蝦兵蟹將」兄弟和另外三對雙胞胎一起下車，分別走向不同的硓𥑮石屋。

司機問：「你們行李這麼多？」

小蝦說：「這次要修理好幾間古厝，工具一定要帶夠。」

大蟹說：「哈哈！司機老大要增加新鮮台詞，每次都問一樣的問題，我們的耳朵都長繭囉！」

司機瞪大眼睛，不理他們。

小馬悄聲說：「公車停靠的地方都有兩棵木麻黃，好巧。」

大虎輕聲答：「旁邊都有造型可愛的小站牌，底座都是硓砧石堆砌而成，好怪。」

跨海大橋遠遠在望，司機把公車開下淺灘，把小馬和大虎嚇了好大一跳，但是公車變成兩棲鴨子船，往海邊那座好大的愛心石滬駛去，停在旁邊的岩礁上。

正要下車的龍騰虎躍兄弟檔行李有五大包，司機這次沒說什麼，還下車幫忙搬行李。

小馬和大虎看著肥龍和胖虎遠去的背影，發現他們的身高有點矮、耳朵有點尖、頭髮花花綠綠顏色好多……好像卡通裡的小精靈！

難道這是小精靈公車？

小馬和大虎你看我、我看你，同時拿出手機，小馬開啟導航定位、大虎打電話求救，雙胞胎果然有默契。

「您的要求我無法提供服務。」小馬的手機傳出這句話，把他嚇壞了。大虎的手機沒有訊號，沒辦法跟阿公求救，急得像熱鍋上的螞蟻，汗如雨下。

司機把公車開回岸上，問他們：「馬馬虎虎的任務是什麼，去哪裡實習呀？」

大虎說：「我們要去赤馬阿公……」

「我們的任務是去赤馬村陪獨居老人。」小馬搶著說。

「陪獨居老人？怎麼可能有這麼輕鬆的任務？你們搭錯車啦！」司機瞪著牛眼大吼。

公車在跨海大橋的拱門前停了下來，司機打算請這兩個來歷不明的怪咖下車。

小馬一想到阿公如果等不到他們，一定會又急又擔心，忍不住大聲說：「陪伴獨居老人一點都不輕鬆。要聽他們一遍又一遍講過去的故事；還要看著他們忍耐身體的病痛；更要擔心他們跌倒或是忘記吃藥……」

大虎腦中浮現阿公焦急守候的模樣，難過得抱住小馬大哭。

司機面無表情關上車門，發動車子，開過跨海大橋之後，轉進一條木麻黃小路，小路盡頭是雪白沙灘與汪洋大海。

司機沒有迴轉，公車加足馬力往前跑，順著浪頭開進大海，隨著海浪載浮載沉。

「這是大海不是淺灘！這是公車不是船！」小馬大叫。

「我們不會游泳，救命啊！」大虎大喊。

一對小姊妹從第二排的座椅冒出頭來，因為她們很矮，被座椅擋住，難怪小馬和大虎沒看見她們。

她們說：「我們是小魚和大雁，綽號沉魚落雁，任務是維護燈塔，守護漁民保平安。你們別怕，司機要走捷徑載你們到赤馬。」

他倆收住眼淚，奮力趕走恐懼怪獸，緊握住把手，隨著浪頭左搖右晃！

好心的小姊妹轉身從行李箱拿出好幾個發條音樂盒，跟小馬和大虎一起聽了〈天黑黑〉、〈野宴〉、〈小白花〉……

美妙的音樂迴盪在公車裡，撫慰他們的心，海鷗在窗外飛行伴舞，幾隻海龜跟在公車後頭暢快游行。

司機打斷音樂派對，說：「馬馬虎虎兄弟檔，赤馬村到了！那個就是你們要去看望的獨居老人嗎？」

小馬和大虎轉頭望向車窗外，公車不知道什麼時候上了岸，赤馬村口的地

標「赤樊桃殿」近在眼前，阿公在站牌前對他們揮手。

小馬和大虎擦掉眼淚，背起背包，一等公車停靠站牌，他倆就跟司機、小魚和大雁道謝，跳下車躲在阿公背後。

司機對阿公說：「孫子又回來看你啦，真好命。」

阿公說：「是啊，我等他們好久

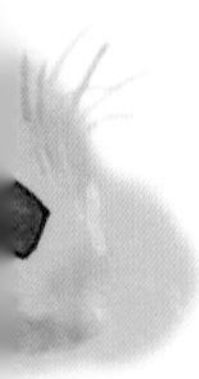

了。」

司機對小馬和大虎說：「探望阿公是重要任務，講實話也是，知道嗎？」

小馬和大虎點點頭，臉紅了。

那個暑假，小馬和大虎跟著阿公

到菜宅照顧絲瓜、地瓜和嘉寶瓜；跟著阿公到石滬收漁獲、捉螃蟹；吵著阿公教他倆游泳和潛水；纏著阿公一起坐在小山頭看夕陽，看大海把圓滾滾的夕陽吞下肚，看好幾十艘漁船亮著燈火開出港灣……

馬馬虎虎的陪伴，一點都不馬虎。

回台南前一天，小馬和大虎在阿公田邊長滿雜草的空地，種了兩株木麻黃，用硓砧石堆砌他倆精心製作的可愛浮球公車站牌。

嗯，公車站牌要叫什麼名稱好呢？小馬和大虎想破頭，終於想到一個最棒的站名，那就是：馬馬虎虎阿公站。

有了這個站牌，精靈公車就會在阿公家停靠，阿公需要幫忙的時候，可愛的雙胞胎小精靈就會搭著精靈公車來幫忙囉！

——原載二〇一九年七月一～二日《國語日報・故事》

編委的話

● **黃晨瑄**

小馬和大虎回澎湖的過程充滿奇幻，對澎湖來說，公車上的雙胞胎兄弟或姊妹都是重要的小尖兵。雖然小馬和大虎不若其他人天賦異秉，但是他們想陪伴爺爺的心卻是最真誠，我覺得這個故事好溫馨喔！

● **葉力齊**

神奇的精靈公車載著小馬大虎回澎湖探望阿公，奇妙的旅程還有許多配對的綽號，都使這一篇文章中小馬和大虎回阿公家的旅途更有吸引力。

● **謝沛芸**

我喜歡爺爺對小馬大虎的感覺，回到澎湖的路上描寫得很有趣，使故事很吸睛，尤其是在公車上，是整篇故事最精采的一段。

奇林

／王文華

◎ 插畫／吳嘉鴻

作者簡介

小學老師，童話作家，曾得過金鼎獎、牧笛獎和九歌兒童文學獎，曾出版「可能小學的藝術國寶任務」等書，有王文華的童話公園在臉書等大家來玩，最喜歡秋天的晚上寫稿子，天氣不熱不冷，白天晚上時間分配差不多，寫出來的故事特別有趣。

童話觀

我終日像個孩子，在童話的國度裡悠遊！

奇林讀一年級那年，和其他小朋友一樣，無憂無慮，全天下最煩惱的事就只剩要帶幾包零食去學校，還有老師會不會讓他去玩盪秋千。

他看不出來，媽媽那擔心的眼神。

「你確定要去上學？」

「當然，我要跟其他小朋友一起玩。」

奇林家在山上種茶，因為在山上，交通不方便，奇林很少有機會和其他小朋友玩，他不懂，媽媽為什麼要擔心，是怕他讀書不認真嗎？

「我會好好讀書，不會讓妳操心。」奇林看著媽媽勉強笑了，他才放開媽媽的手，在茶園裡跑來跑去。

到了學校，奇林上課很專心的聽老師講話，下課和同學去操場上盪秋千，他喜歡班上的每一個同學，如果有可能的話，他真希望從早到晚都留在學校裡，他好喜歡跟這麼多小朋友，一起讀書，一起玩耍。

事情發生在體育課，那天天氣熱，打完球，大家流了一身汗，奇林和同學跑回教室，咕嚕咕嚕喝了一大瓶水，等他喝完水才發現，教室裡好安靜，同學怎麼都不說話，而且，大家都離他遠遠的，看著他，好像有點害怕。

「你們怎麼了？」

小花指著他：「你的……你的身上怎麼有鱗片？」

奇林看看自己，上完課流了汗，身上細細的鱗片閃閃發光：「你們沒有嗎？」

「沒有。」小花說。

「誰會有鱗片？」同學大叫起來：「我們又不是妖怪。」

「我不是妖怪，我是奇林。」

「妖怪，有鱗片的妖怪。」

同學們邊說邊退，沒人理他，奇林哭了，但是他哭也沒用，他就這樣一路咽咽的哭著跑回家，他跑太快了，連平常收得好好的尾巴都露出來了。

「還有尾巴。」

「真的是妖怪。」

「哈哈哈。」

嘲笑奇林的聲音一陣又一陣，他摀住耳朵，聲音卻像大浪不斷的追著他，一路上，爸爸、媽媽們拉著孩子躲進

家裡，家家戶戶關上門窗，從屋裡伸著食指，指著他：「是他，是他，就是他，全身鱗片、長著長長尾巴的妖怪。」

跑啊跑啊，奇林跑過山頭，跑回家，撲進媽媽的懷裡，咽咽的哭著。

「大家都笑我。」

媽媽點點頭，這滋味她知道，當年她去上學，也曾被同學這樣指指點點過，最後才會躲進山裡，種茶養鵝，再也不下山。

「懂了嗎？以後不要下山了。」

「不下山了。」奇林說。

「不上去學了？」

「不去……」想起同學的臉，奇林擦乾眼淚，「不去上學了！」

話雖然這麼說，奇林還是想念讀書的日子，他住的地方，常常有霧來，霧來的日子，奇林會偷偷跟著霧氣走下山，他躲在霧裡，別人看不見他，他在霧裡經過街道，街上有那麼多有趣的東西，他來到學校旁邊，學校裡有同學們開心的笑聲。

不知不覺，他接近學校，心啊，怦怦怦的跳著，輕輕移動雙腳，趴在圍牆邊，啊，好想去上學，上學的日子真好。

突然，鐘聲響了，下課了。

同學們都到操場了，這裡跳那裡跑，他還聽到有人在玩捉迷藏。

「躲好了沒？」是小花。

「躲好了。」奇林在心裡大叫，他真的躲在霧氣裡了呀。

「我來抓你們了。」

小花伸出手在茫茫白霧裡摸索，突然，她抓到一個人了。

「抓到你了。」

「對啊對啊，你抓到我了。」那人乖乖跟著她回到大樹下，乖乖等著別人來救他。

小花又回去抓人了，但是，她走了幾步，突然停下來，剛才抓的人是誰啊？那聲音有點兒熟悉，那是……

她回頭，樹下沒人，明明剛才抓了人，明明那人被她帶到大樹下。

大樹下的人是奇林啊，奇林正在山裡開心的跑，要不是媽媽拉著他，他還會再多跑幾圈山呢。

奇林期盼著起霧的日子，只要霧氣輕飄飄往下降，籠住了山，鑽進了森林，奇林就可以跟著白霧下山。

小學裡的孩子們覺得奇怪，不知道怎麼一回事，打棒球時，外野總像多了一個人，踢足球時，跟在身邊追球的朋友，好像也多了誰，但是等比賽結束，教練點名，棒球九個，足球十一人，一個不多，一個不少。

「那……剛才的球是誰接殺的呢？」

「那顆破門的足球誰踢進去的啊？」

問的人一臉疑惑，小朋友相互看一看，聳聳肩，沒人知道。

這一切，只有一個人知道，是奇林啊。

他接了棒球，踢了足球，甚至還跟大家搭著肩，在比賽結束後開心的大叫。

媽媽也知道，她擔心：「別再去了吧。」

奇林說：「沒關係，有大霧罩著，沒人看得見。」

然而，還是被人看見了。

那天，霧氣沒來，奇林幫爸爸採完茶，藉著樹林的陰影，偷偷跑到村子邊，村邊有個大水窟，大水窟旁邊有棵大樟樹，奇林躲在那裡，看著同學們嘻嘻哈哈跑出來，啊，他們想去玩水。

平時老師三申五令，不准下水。

但是那天的天氣太熱，這群孩子就下水了。

奇林也想下水，但他不敢，他沒學過游泳啊，他住在山裡，哪有機會學呢？他躲在樹邊，忍不住伸出頭來，尾巴在後頭拍呀拍。

這邊有人跳水，那邊有人玩球，他想看看小花，小花……

唉呀，小花游太遠，突然，小花好像沉下去了。

「小花。」奇林叫著，可是在大水窟裡游泳的小朋友聽不見，小花又浮出來了，兩隻手在湖面上拚命的掙扎。

「快去救小花。」奇林又叫了一聲，他叫得那麼急，卻沒人聽見。

「我來了，小花我來了。」小花曾送奇林一塊橡皮，曾陪他去玩耍，這會兒，他忘了自己從沒下過水啊。

撲通，多年之後，好多小朋友都還記得那一幕，有個人像一顆砲彈，從山坡直接衝進大水窟，然後像一條魚般衝過他們身邊。

「是藍色的魚。」

「是鯨魚。」

那天，好多小朋友都這麼猜，他們看著那人游向大水窟的另一邊，抓了一個小女孩。

「是小花。」小朋友大叫，「是奇林。」

「對，是我。」奇林滿心期待，輕輕把小花放到湖邊：「以後我們可以一起玩了。」

沒想到，一顆石頭飛過來，打在他頭上：

「妖怪。」

「只有妖怪才會游那麼快。」

「噁心的妖怪，」這群小朋友拿著石頭丟他：「走開，走開，不要來。」

石頭有的大有的小，像雨點一樣落在他身上。

他的頭破了，身上流血了，他一直跑，一直拚命的想躲過石頭，但不管他往哪個方向都躲不過石頭。

只剩下大水窟了。

撲通，他跳進大水窟裡，游進最深最深的水底。

「臭妖怪，不要來。」小朋友大叫。

「臭妖怪，不要來。」

湖水很冰湖水很深，但隔了這麼深這麼遠，奇林彷彿還能聽見大家的叫聲，他越游越深，越游越深，原來，他的鱗片就是讓他能在水裡的，原來，他就像條魚，本來就能在水裡生活。

他一直沒出來，所以也沒看見，小花醒了，她哭了：「是奇林救了我，奇林呢？」

「他是妖怪。」

「誰不是妖怪呢？小光頭愛咬手指頭，小亞男愛挖鼻孔，和他比起來，我們也很怪啊。」

聽了小花的話，小朋友全都站在湖邊大叫：

「奇林，奇林，你快出來。」

滿心懊悔的小朋友叫呀叫，奇林呢，卻一直沒出來，他一定以為，小朋友是想要拿石頭打他，所以，他再也不出來。

那些小朋友長大了，他們再也沒見過奇林。

奇林躲進去的大水窟呢，從此有個新名字，麒麟潭。

其實，應該是奇林潭的。

或許大家覺得不好聽，就把它改成了麒麟潭。

奇林上哪兒了？

有些遊客，曾在有霧的日子，在森林裡碰到一群怪怪的人，他們有的有三條尾巴，有的只有一顆眼睛，甚至有的全身鱗片拖著尾巴。

這些人，很害羞，一見到遊客，嘩的一聲全跑了。

你也想見他們嗎？那得很幸運才行呢。

——原載二〇一九年四月一～二日

《國語日報・故事》

編委的話

●黃晨瑄

奇林因為獨特的外型，而被同學視為妖怪，不過他卻能奮不顧身去救小花。他的勇敢善良，讓同學們重新省思「怪」的定義，更讓我們知道不要以貌取人，每個人都是獨一無二。

●葉力齊

用非常豐富又吸引人的一段傳說來訴說現實麒麟潭的由來。之中還有提到主角奇林因自己天生和他人的不同，所以遭受到其他小朋友的排擠，但就算這樣，他還是不因這個關係就沮喪難過，反而英勇的把小花救起來。

●謝沛芸

這篇故事充滿了豐富的想像力，卻也和我們的生活息息相關。故事裡有一開始以貌取人的小朋友、有生活中常見的霸凌、有令人感動的同儕友誼，還有最後勇於認錯滿心懊悔的小朋友。豐富的故事、感人的內容，是我最喜歡的文章之一。

出租時間的羊奶奶

／朱德華

◎ 插畫／李月玲

作者簡介

兒童文學作家。喜歡幻想，喜歡天空、大地和大自然裡的花草樹木。已出版《袋鼠媽媽生病了》、《樹上開滿了花圍巾》、《兒童關鍵期成長教育繪本》等十餘冊圖書。

童話觀

童話如同一顆種子，種下種子，便種下了真、善、美，種下了生命力、想像力和創造力，種子經過生根發芽開花，最後結出美好、幸福、快樂的碩果。

羊奶奶老了，家裡冷清，自己又清閒得發慌，羊奶奶就想：「要是能有點兒事情做該多好呀！」幾天後，她在家門口掛了一個牌子：免費出租時間。

住在東邊的兔媽媽要去商店買東西，想找個人照看一下她的六個兔寶寶。於是她來到羊奶奶家，說：「羊奶奶，我想租用妳的時間。」

羊奶奶高興的答應了，並趕忙來到兔媽媽家。兔寶寶剛見到羊奶奶時還乖乖的，等大家熟悉後，兔寶寶就變得調皮起來。「羊奶奶，妳背背我。」「羊奶奶，妳和我一起學烏龜爬吧。」「羊奶奶，我要喝水。」「羊奶奶……」羊奶奶恨不得有分身術，幾個兔寶寶鬧在一起，羊奶奶可忙壞了，還好兔媽媽買完東西及時回來了。

羊奶奶終於有空兒直了直腰，慢慢的離開了兔媽媽家。

住在西邊的花鹿妹妹家裡要來客人了，她一個人忙不過來，想找個人幫

忙收拾房子，她來到羊奶奶家，說：「羊奶奶，我想租用妳的時間。」

羊奶奶爽快的答應了。她來到花鹿妹妹家，看到床上堆著好多沒疊的衣服和一些書，地上到處是髒兮兮的鹿腳印。這實在太讓人不舒服了！花鹿妹妹收拾衣服，羊奶奶整理書籍，然後她們一起擦地，直到夜幕降臨才收拾乾淨。

羊奶奶自己用拳頭捶了捶背，疲憊的離開了花鹿妹妹家。

住在北邊的豬大嬸要去親戚家。可天氣預報說今天有雨，早上剛晾的衣服，要是被雨淋溼了就白洗了。於是她來到羊奶奶家，說：「羊奶奶，我想租用妳的時間。」

羊奶奶答應了。豬大嬸走後，羊奶奶泡了一壺茶，悠閒的坐在家門口。中午時分，天空突然黑了下來，眼看就要下雨了，羊奶奶一路小跑，到豬大嬸家院子裡把衣服收了起來。剛收完衣服就下雨了，羊奶奶急忙往家趕，到了家門口，順手把掛在門前的牌子拿了回來，但她還是被雨淋溼了。

羊奶奶生病了，鄰村的老黃牛爺爺知道後，帶上藥和水果來看望羊奶奶。

「我現在不出租時間。」羊奶奶咳嗽著從床上爬起來。

「我知道，我知道，妳不出租時間，可我出租時間給妳呀！」

「這……」

羊奶奶在老黃牛爺爺家的悉心照料下，很快就痊癒了。

現在羊奶奶還出租時間，可是她的時間不租給別人，只租給老黃牛爺爺。原來老黃牛爺爺也是自己一個，他也出租時間，出租的對象正是羊奶奶。瞧，這羊奶奶和老黃牛爺爺現在每天就是出門溜溜兒，買買菜，聊聊天，看看電視，真是幸福！

——原載二〇一九年一月十六日《國語日報・故事》

編委的話

● **黃晨瑄**

我覺得作者從出租時間的概念，讓我們知道人和人之間應該互相幫忙，更不要小看老人家，正所謂「家有一老，如有一寶」。

● **葉力齊**

文中的羊奶奶一直幫助他人卻忘記了自己，如果羊奶奶懂得運用時間，就不會那麼累，也不會發生感冒，還要操勞老黃牛爺爺來照顧她。

● **謝沛芸**

羊奶奶因為把自己的時間都出租給別人，反而讓自己忙得不可開交，最後還讓自己生病，真是得不償失。與其怕時間太多閒得發慌，還不如好好安排規畫活動，自己做時間的主人。

完美的一天

／參玖

◎ 插畫／陳和凱

作者簡介

是個常常不知道手腳要放在哪裡的編輯。

想為那些覺得自己有那麼一點格格不入，但也真不知道哪裡出問題，常常覺得彆扭氣悶、忐忑不安的小孩講故事。

童話觀

得意忘形，結果在不知不覺間挖坑給自己跳了；或是發現了些什麼蛛絲馬跡，讓人心裡七上八下，不知道自己究竟是不是真的被看破手腳。

我希望童話可以帶來這種生活經驗的共鳴，讓小孩心裡想：「啊！我懂我懂！」

「今天真是個完美的日子！」

蜘蛛毛毛一面在講台上展示自己的編織作品，心裡一面想著。

今天早上，毛毛醒得特別早，早在媽媽來掀被子之前，就神清氣爽的醒了過來。

他喝了點露水，理順了八隻腳的毛，又把第一對前肢繫好了當作領結。毛毛已經差不多習慣在昆蟲小學的生活了！

早起的感覺真好，一切都可以慢條斯理的順利進行，毛毛對自己很滿意。

「毛毛的編織網非常堅固又緊密，外觀接近一個完美的圓形。同學可以向他請教編織技巧呵！」天牛老師拿著毛毛的作品，讚不絕口。

毛毛想咧嘴大笑，又不好意思，嘴巴抿成一條弓弦。他低著頭走下台，同學的眼神崇拜、嫉妒又羨慕，讓他全身輕輕的顫抖。

只有螳螂小青一臉無所謂，低頭清理著自己的大鐮刀。每次上美勞課，小青總是興趣缺缺。畢竟，他的鐮刀太容易破壞掉原本的作品了。

一下課，蜜蜂、蜻蜓、蝴蝶、螞蟻姊妹全部圍了過來。

「借我看！」「我先！」「怎麼織的啊？」

「也沒什麼。」毛毛越說越大聲：「重要的是先織出骨架，再慢慢從內到外繞著圈子……」他實在太興奮了，幾乎忘記自己是隻藏身於昆蟲小學的蜘蛛。

他揮舞著手腳示範，胸口的「領結」也一顫一顫：「而且，骨架的絲不能有黏性，繞圈的絲才有，這樣才能抓住小蟲……」毛毛得意過了頭，一不小心，說出不該說出口的話。

毛毛緊張的閉上嘴，八隻眼睛掃過身邊的同學。

只見大家都專心的研究織網，七嘴八舌的討論，根本沒有在聽毛毛說話。

毛毛鬆了一口氣。

這口氣還沒喘完，毛毛的眼角餘光突然注意到一對大大的綠色複眼——螳螂小青正盯著這裡。

毛毛與小青十目相對。一時間，他聽不到任何的談笑聲和昆蟲翅膀窸窸窣窣的摩擦聲。毛毛渾身發冷，內臟緊緊揪成一團，胃裡晃著涼水。

但是小青只是別過臉，繼續低頭清理大鐮刀。

接下來的幾節課，直到放學，小青不動聲色，毛毛心神不寧。

「小青聽到我說要抓住小蟲了嗎？還是他注意到我的領結了？」毛毛想問又不敢問，害怕得想吐。

「今天，真是最糟糕的一天了……」

——原載二〇一九年五月二十日《國語日報週刊》第一二五七期

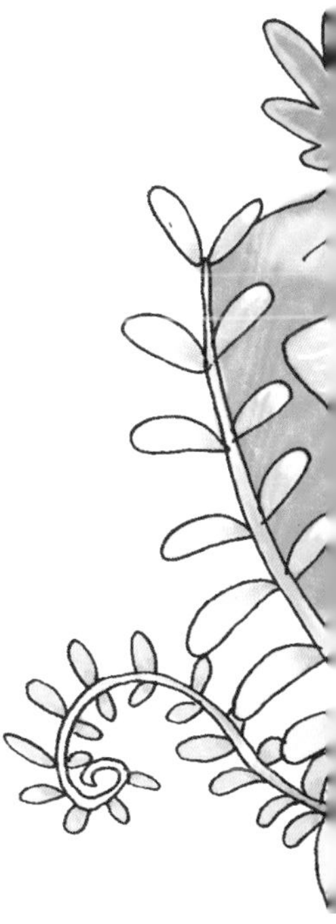

編委的話

●黃晨瑄

在自然生態裡，蜘蛛常被誤以為是昆蟲。殊不知蜘蛛可是蜻蜓、螞蟻、蝴蝶的天敵呢！而有大鐮刀的螳螂又是蜘蛛的天敵，作者巧妙的安排，讓蜘蛛在得意忘形之後，又擔心自己原形畢露，真是有趣極了！

●葉力齊

蜘蛛毛毛為了要上昆蟲小學，把自己其中兩隻腳綁起來當成蝴蝶結來偽裝，但不小心在美勞課時透露自己是蜘蛛，並利用自己和螳螂小青十目相對跟最後的「今天，真是最糟糕的一天了……」，來做一個令讀者可延伸思考的結尾。

●謝沛芸

一開始真的是完美的一天，完美的偽裝讓許多昆蟲都稱讚蜘蛛的編織技術很好，一直到最後被螳螂發現了，蜘蛛當下應該很心虛吧！劇情急速反轉，變成糟糕的一天，很有趣的結尾。

肚子裡的雷神

／謝凱特

◎ 插畫／李月玲

作者簡介

東華大學創作暨英語文學研究所畢。曾任編輯、說故事志工，出版散文集《我的蟻人父親》、《普通的戀愛》。作品入選九歌年度散文選、小說選。曾獲台北國際書展大獎非小說類首獎，入圍台灣文學金典獎。

童話觀

說故事給孩子聽不是出自「慈悲善良」、「奉獻社會」這些自以為是的傲慢。

說故事的原因，是我們永遠都在向他們學習什麼是「人的本質」。

我的肚子好大，裡面好像裝了很多東西，還住著一個雷神。上次爸媽帶我去吃自助餐，過幾天又吃了烤肉，昨天還逛了夜市。我的肚子就像一顆可以充氣的氣球一樣，每吃一點東西，它就漲大了一點。

一開始想到那些美味的食物都還在肚子裡，還覺得很開心。烤鴨、蝦子、蘋果、粽子，統統都還在肚子裡，沒有離開我唷！

但過幾天，我就開始後悔了。

我的肚子已經大到衣服已經蓋不住了，還會露出小肚臍。我可以把肚子放在桌上，當成睡午覺用的小枕頭。

糟糕的是，雷神每天都在裡面發出「轟隆轟隆」的聲音。當我趴在肚子上時，雷神就會生氣的大吼大叫，不讓我午睡。

「喂！你給我起來！」雷神說，「你的肚子再大下去，不只我會被食物

淹死，你也會因為肚子爆炸死掉的！」

「那怎麼辦？」

「我怎麼知道啊，趕快想辦……」雷神沒說完，就被我肚子裡的食物淹沒了，發出了噗嚕噗嚕的聲音。

該怎麼讓肚子變小呢？我用手拍了幾下，肚子就像鼓一樣只發出「砰砰砰」的聲音，但沒有變小。同學想到可以抓一隻蜜蜂在肚子上戳一個洞，肚子就會像氣球一樣噴出空氣，讓我在天空中像蒼蠅一樣亂飛，直到我掉在地上，肚子也就變小了。

這個辦法好像不錯！我抓了蜜蜂，往肚子上一扎。等了很久，肚子沒有噴出任何東西，反而腫了起來，就像大肚子上面長了一個小肚子。真糟糕。

雷神越來越生氣了，一直在裡面吼著。我趕緊跟媽媽求救，她去廚房拿了藥，倒了一大杯開水，要我把藥吃下去，水也喝光。吃了藥之後，雷神不僅在我的肚子裡瘋狂打鼓、拿鼓棒用力打我的肚子，還在裡面裡跳來跳去！「可惡的傢伙！早一點吃藥就好了嘛！」雷神生氣的說，「趕快去上大號！」

我跑去廁所，脫下褲子，坐在馬桶上，一陣打雷的聲音後，肚子終於變小了。雖然小肚子還是腫腫的，但雷神好像沒有再生氣了。

真是太好了，又可以開始吃東西了。

——原載二〇一九年二月二十五日《國語日報週刊》第一二四五期

編委的話

● **黃晨瑄**

當你肚子痛時，是不是也覺得肚子裡面到底藏了什麼怪東西呢？作者把肚子痛的經驗，想像成雷神發怒，實在是太傳神了，也提醒讀者吃太多的東西，可能會讓肚子裡的雷神生氣喔！

● **葉力齊**

作者把肚子痛的狀況想像是有一位雷神在肚子裡搗亂，把「轟隆轟隆」的聲音比喻成是雷神在打雷的聲音，並使用第一人稱的視角，以雷神跟小朋友的談話來表達出小朋友肚子痛的心理狀態。

● **謝沛芸**

故事用強烈的誇飾及轉化手法，寫下小朋友因吃太多東西而拉肚子的情形，把拉肚子咕嚕咕嚕的聲音，想像成雷神在肚子裡打鼓，讓我覺得拉肚子不再那麼糟糕了。

搶救便當大作戰

／鄭丞鈞

◎ 插畫／李月玲

作者簡介

台中東勢客家人，台東師院兒童文學研究所碩士，現為新北市石門區乾華國小教師。作品曾獲九歌現代少兒文學獎、牧笛獎等獎項，已出版《帶著阿公走》、《妹妹的新丁粄》等書。

童話觀

我寫給小朋友看的童話，一定要讓小朋友讀得流暢，看得開心，這樣的寫作取向來自我小時候的閱讀取向。我做人做事的道理放得不是很重，因為小朋友在學校、在家裡都已經聽得很多，我只想給他們一段愉快的閱讀時光，就如同我小時候曾經歷過的一樣。

一、放暑假

明天就是暑假了，可是乾華國小的老鼠三兄弟並不開心，甚至可以說是心情沉重。

因為他們今早在教室的牆壁洞中，聽到老師告訴小瑜，暑期餐券目前只能在午餐時間領取食物，其他時間不能使用。

「這怎麼可以？」鼠三不解的說：「小瑜只有四年級，家裡還有個弟弟，他們怎麼可以一天只吃一餐？」

「幫忙只幫一半，效果還不到一半！」鼠二搖著頭說。

「我們平日跟著老師、小朋友飽讀詩書，而且每天都吃得飽飽，所以小朋友遇上困難，我們三兄弟更應該幫助他們，你們說對不對？」鼠大的看法比其他人更進一步。

鼠二、鼠三點頭表示贊同。

「只是，要怎麼幫？」鼠三問。

「想知道怎麼做，」鼠大說：「跟我走就對了。」

二、便利商店

在鼠大的帶領下，三兄弟利用下水道來到校門口。

他們三個像偵察兵，偷偷摸摸的從水溝蓋往外看。這時是放學時間，只見小朋友們一個個歡天喜地的踏出校門。

「看小朋友放學，就可以幫助到小瑜嗎？」鼠二說。

「不是在看放學。」鼠大說：「我是在監看校門口對面的那間便利商店。」

對老鼠們來說，便利商店是世界上最夢幻的商店，那裡有吃又有玩，處處充滿驚喜，和附近的水餃店、燒臘店、手機店、服飾店相比，便利商店就像嘉年華會一樣，熱鬧又繽紛。

「有個人咬著熱狗麵包出來了——哇，上頭還淋滿了酸酸甜甜的番茄醬。」見到最愛的美食出現，鼠二全身激動，差點昏死在地上。

「哇，有個小男生在店門口吃巧克力雪糕！」鼠三忍不住大呼：「你們看，雪糕和巧克力碎片一起滴到人行道上了……」

「好啦，你們別說了。」鼠大制止他們，「再說下去，我也會受不了。」

「我們為什麼要監看便利商店？」鼠二邊說邊嚥口水。

「午餐券不是都到便利商店兌換？」鼠大說。

鼠二、鼠三點點頭。

「為了讓小瑜在暑假期間，午餐和晚餐都能吃得飽，」鼠大突然神祕兮兮的說：「我們將進行一項大作戰。」

「什麼大作戰？」鼠三也跟著壓低聲音問。

「就是到便利商店進行搶救便當大作戰。」

「什麼？」鼠二大聲嚷嚷：「搶劫便當大作戰？」

「不是搶劫，」鼠大糾正他：「是搶救。」

「那還不是一樣？」鼠二說：「你要我們到便利商店偷食物出來，再送給小瑜，對不對？」

可能是「偷」、「搶」這些字眼太沉重，頓時間，三隻老鼠都噤聲不語，下水道安靜到只聽得見車子駛過的回音。

只是不到二秒的時間，他們的臉上都露出賊賊的笑容。

「我們不是用偷，是用借的，以後有機會還會還回去。」鼠二說。

「這是做好事，應該沒關係吧……」鼠三說。

「我們還可以幫忙他們處理一些過期的食物。」鼠大說：「直接丟掉，那多浪費啊？」

三雙老鼠眼都亮了起來，充滿各種誘惑的便利商店，讓暗黑的鼠性在他們心中燃起熊熊大火！

「搶救便當大作戰」就這麼確定了。

三、老黑

只是老鼠想進入便利商店真的很不容易。

「簡直比登天還難。」鼠二說。

他們曾在半夜溜進手機店，試用最新款的手機，也曾在半夜到燒臘店參加狂歡派對，唯有便利商店，不是想進就能進，想出就能出的。

因為便利商店二十四小時營業，隨時都有人進出，再上乾淨透明、潔白無瑕的店門口，就像有二十萬支探照燈在那裡把守一樣，灰漆漆的老鼠只要一踏入這個「叮咚、叮咚」個不停的禁區，立刻被鎖定，毫無猶豫。

像上次他們參觀完服飾店，想「續攤」到便利店吃個東西，結果差一點就被踩扁在店門口。

「過街老鼠人人喊打。」鼠三嘆了口氣說：「不是人人都能看得出，我們是飽讀詩書，存有善心的老鼠。」

「所以啦，有了上次的恐怖經驗後，我開始在學校圖書館查資料，也讀了不少戰爭的故事，終於讓我擬出了一個完美的作戰計畫……」鼠大得意的說：「我把它稱作計畫A。」

鼠二、鼠三睜大眼睛看他。

「先考考你們，能自由進出校門的人是誰？」鼠大問。

「校長。」

「老師。」

「不是那些人，」鼠大不耐煩的說：「我說的是動物。」

「明明剛剛說的是人，現在又說不是人。」鼠二嘀咕著：「當然是老黑囉。」

「沒錯，就只有老黑能自由進出校門，以及這附近的店家。」

老黑是乾華國小的校狗，他脖子上有項圈，身上還植入晶片，因為有身分證明，所以附近的店家都認識他。

「所以我們先找老黑商量。」鼠大說。

敦厚老實的老黑，一聽說要幫助小朋友，馬上一口答應。

「不過我能幫上什麼忙？」老黑問。

「我們的作戰計畫就是，」鼠大說：「讓我們攀附在你的肚子下面，然後夾帶我們到便利商店裡。」

「那我的肚皮會很癢。」老黑說。

「我們會忍耐。」鼠二說。

老黑看著老鼠三兄弟，大眼睛眨了兩下後，說：「好吧，那我也忍耐。」

四、偷渡

隔天傍晚，太陽已經偏西，可是仍舊使盡全力，像要把人蒸乾似的，努力散發著它的熱情。

在熱浪的簇擁下，一條狗和三隻老鼠，按著計畫A，從乾華國小的校門口溜出去。他們先在人行道上走一小段路，最後停在十字路口，準備跟著路人過馬路。

「太過癮了！」鼠二在老黑的肚子下大喊：「我第一次這麼光明正大的在大街上蹓躂。」

「我們現在正乘著一艘黑色的艦艇準備偷渡、搶灘。」鼠大也開心的說：「希望暑假過後，老黑能與我們繼續合作。」

「你們可以不要說話嗎？」老黑輕聲抗議著：「你們一說話，我就覺得肚皮好癢。」

為了怕老黑真的會躺在馬路上抓癢，三兄弟不敢再多說話，直到進到便利商店裡。

「我就帶你們到這裡。」老黑對著肚皮說。

「這只是在大門旁而已，把我們丟在這裡，等於是害我們陣亡在灘頭。」鼠大拜託著：「可不可以再多走幾步路，帶我們到食物架前面？」

「沒辦法！店長說，如果我想吹冷氣，最多只能躲在這個角落，我再走進去一些，就會嚇到一些怕狗的客人。」老黑半躺著，抬起後腳爪，準備對著肚皮撓癢。

「你怎麼不早講？」鼠三說。

「你們也沒有早點問我。」老黑說：「我快受不了了，我要抓癢了……」

「那現在怎麼辦？」鼠二大呼。

眼看老黑的大腳爪就要落下，鼠大第一個發難，他馬上跳離老黑的肚皮，並大喊：「快啟動計畫B！」

「計畫B是什麼？」鼠二、鼠三齊聲發問。

「我還沒想到！」鼠大喊完，已經躲到離他們最近的貨架下面，鼠二、鼠三也跟著一道滾進去。

「什麼嘛……」鼠三氣喘吁吁的抱怨著：「根本就沒計畫B，幹嘛喊得像真的一樣。」

「計畫要花時間想，而我目前只想到標題。」鼠大說完低頭一看，才發現鼠二出了狀況——他全身發顫，還兩眼翻白。

「這、這是怎麼一回事？」鼠大著急的問鼠三。

「我也不知道哇！」鼠三也同樣驚慌。

難道是剛剛的過程太刺激，導致鼠二心臟病發了嗎？

五、從熱狗到玩具

「弟兄有難，任務失敗。」鼠大說：「我去叫老黑過來，我們趕緊撤退。」

「再等一下。」鼠三觀察著鼠二的狀況，然後，他笑了出來。

「怎麼了？」鼠大絕望的說：「你的腦袋也出問題了？」

「不是。」鼠三說：「你聞聞看，是什麼香味一直傳過來？」

鼠大抬起頭，將鼻頭對著空中抽動了幾下，然後不太確定的說：「嗯……好像是熱狗的味道。」

一聽到有人提到「熱狗」這兩個字，鼠二馬上驚醒過來，還不斷的說：

「熱狗，我要熱狗……」

「沒錯，就是上頭一條條在滾動的熱狗，讓他昏眩過去。」鼠三說。

「原來如此。」鼠大笑著說：「他的『熱狗昏眩症』變得更嚴重了。」

「可能是剛剛太緊張，再加上我們剛巧就躲在熱狗櫃的下方，所以一時情緒激動，就開始翻白眼。」

「不過現在不是處理熱狗的時候。」鼠大認真的對剛甦醒過來的鼠二說：「按照我們的作戰圖，我們接下來得趕到玩具區。」

「作戰圖？玩具區？」鼠三問：「我們哪來的作戰圖？」

鼠大不回應，他立刻沿著日用品貨架的下方，跑向玩具區。鼠二、鼠三見狀，只得硬著頭皮跟著跑，然後再一起跳入玩具堆裡。

沒想到三兄弟大膽的行徑，全被一位蹲在玩具區挑揀玩具的小男孩看在眼裡。

「阿嬤，有三隻老鼠藏在裡面！」小男孩立刻向阿嬤告狀。

「哪裡？怎麼可能會有老鼠藏在裡面？」阿嬤順著小男孩的指頭往玩具堆裡看。

「裝死……欺敵……」鼠大撇嘴小聲說。

有老花眼的阿嬤瞇著眼，對著老鼠三兄弟看了老半天後，說：「哇，現在的玩具做得好像真的一樣。」

「那不是玩具，是真的老鼠，牠們剛剛從下面爬上來。」小男孩向阿嬤強調。

「是玩具老鼠啦！你看，都不會動。」阿嬤堅持著：「我上次在夜市，還看到有人在賣假蟑螂。」

「是真的老鼠……」

「好啦，我們不要再看這些噁心的玩具。」阿嬤牽起孫子的手說：「走，我們去拿冰冰。」

小男孩一聽到「冰冰」，眼睛都亮了，他馬上跟著阿嬤走。

「呼……」三隻老鼠終於能喘口氣了。

「我也好想吃『冰冰』。」鼠三說。

「好，我們現在就到『冰冰』區。」鼠大說：「不過我們只能路過。」

六、熟食區

從玩具區來到飲料區後，老鼠三兄弟更是神經緊繃。

不是五顏六色，讓人看得目不暇給的各式飲料讓他們目眩神馳，也不是這裡的溫度冷到像冬日的寒流來襲，而是這裡來來去去的客人比玩具區還多。

「快跑到食物架上！」鼠大一吆喝，三團灰色的影子，快速的從飲料架跳到熟食區。

然後，他們又被那個小男孩看見了。

「阿嬤，有老鼠……」小男孩用力搖晃阿嬤的手說。

「怎麼這裡也有老鼠？」阿嬤湊到飯糰架上。

情況危急！老阿嬤又來襲！

鼠二、鼠三只好學鼠大那樣趴在飯糰架上，然後縮起尾巴、肥屁股朝外，不斷的自我催眠，把自己想成是新口味的灰色飯糰。

「哎呀，這是新口味的灰色飯糰啦。」阿嬤哈哈的笑了兩聲。

「才不是咧！」一直被阿嬤誤會，小男孩的眼淚都快掉下來。

趁阿嬤在安撫小男孩，鼠大下令：「來不及拿便當了，現在一人抱起一顆飯糰，然後跑向老黑那裡。」

接著，在便利商店光亮無比的白色地板上，出現了三隻在狂奔的老鼠。每個灰色的身影都夾著一個深綠色的飯糰，怪異的景象嚇壞了一個正要走向櫃台結帳的小姐。

趁那小姐張嘴準備驚聲尖叫之際，鼠二轉頭，投以一個足以震懾人心，讓她連續三個晚上都難以入眠的殺手級眼神。

果真那位小姐被嚇到凍結，等她被店員喚醒時，老鼠三兄弟已經被老黑帶到店外去了。

七、白老鼠

「成功！勝利！」老鼠三兄弟開心的在老黑的肚子下大吼大叫，雖然沒吃到熱狗，雖然沒拿到雪糕，雖然老黑不斷警告他們，他的肚皮很癢，但是這是第一次成功的從便利商店盜走食物，所以三兄弟還是覺得這是一次大勝利。

「接下來要去哪裡，你們知道嗎？」老黑問。

「我查過了，」鼠大說：「只要直直走，就可以到小瑜的家。」

只是老黑才晃沒幾步路，就停住不動。

「怎麼了？」鼠二問。

「前面有一隻白老鼠，他要我們停下來。」老黑說。

「白老鼠？」老鼠三兄弟一爬出老黑的肚子，果真就在前方的消防栓上，見到一隻氣質斯文，像穿著一襲白西裝的白老鼠。

「你們很丟臉吔，居然到店裡偷東西。」白老鼠一開口就數落他們。

白老鼠雖然瘦小，卻有一股威嚴感，讓老鼠兄弟及老黑不敢輕視他。

可是三兄弟仍要在嘴巴上爭一口氣。

「你是誰呀？」

「關你什麼事？」

「便利商店是你家嗎？」

「你們一共問了三個問題，那我就一一回答你們。」白老鼠定定的看了他們一眼後說：「第一，我是老鼠小白。我是一隻實驗鼠，之前在實驗室裡與科學家們做過許多的實驗，我挨過針、挨過刀，還被放射線照過無數次，所以我已成了變種鼠，我現在的智商勝過一般老鼠數百倍。

「第二，你們偷飯糰當然關我的事，這牽涉到第三個問題，因為我的主人是就是這家便利商店的店長——他好心認養我。所以你們偷店裡的東西，就等於是偷我的東西一樣。」

三兄弟你看我，我看你，不知怎麼回應他。

「你們在店裡的一舉一動我都看在眼裡。」小白說：「我從未見過這麼大膽的老鼠，而且一次來三隻。」

三兄弟也很想告訴眼前的白老鼠，他們也從未見過像他那樣，這麼不像老鼠的老鼠。只是不知道為什麼，他們就是不敢說。

僵持了一會兒，老黑說話了：「他們偷東西是為了幫助小朋友……」

老黑一開口，就像水庫洩洪一般，嘩啦嘩啦的說個沒完，直到嘴乾了，他才停住。

「原來你們是為了助人。」小白恍然大悟的說：「只是你們做白工囉。」

「為什麼？」三兄弟詫異的問道。

「你們沒看到便利商店的門口貼著公告嗎？今天早上市政府緊急通知：從今日起，午餐券任何時間都可使用，午餐券如果用完，也可以到櫃台登記、兌換食物。所以你們的擔心變成多餘的。」

三兄弟愣住了，好半天後，鼠大才說：「我們真的做白工了……」

「不過也不算啦！」小白大笑幾聲後說：「至少可以讓我認識你們這些熱

心的好人，而且我還要請你們吃好吃的。」

「好吃的！」三兄弟異口同聲的大喊。

「對，好吃的。」小白眨了一下眼睛。

「有熱狗嗎？」鼠二問。

「有巧克力雪糕嗎？」鼠三問。

「當然都有，」小白說：「而且都是過期的。」

對老鼠來說，過期的食物更迷人。

「那這三個雞肉飯糰呢？」老黑問。

「也不可能再擺回店裡，就讓你當晚餐囉。」小白對老黑說。

老鼠三兄弟及老黑聽了眉開眼笑，開心得不得了。

於是，在鼠大的帶領下，他們用力喊了一聲——

「搶救便當大作戰，成功！」

本文榮獲二〇一九年台中文學獎童話類佳作

編委的話

● **黃晨瑄**

老鼠三兄弟為了幫助貧困的小瑜暑假得以溫飽，不顧過街老鼠人人喊打的危險，牠們的善舉打破了我對老鼠的壞印象，原來只要有好心腸，臭名也可以變美名。

● **葉力齊**

鼠一、鼠二、鼠三在試圖「搶救」便當時，其中許多嬉戲的過程都非常有趣，但更厲害的則是作者寫作的幽默感和寫作方式，都常常讓人會心一笑。

● **謝沛芸**

三隻老鼠搶便當的過程真的很生動有趣，不但有作戰計畫、盟友老黑、連偷渡搶灘偽裝的情節都有，最後勝利了還一起喊出：「搶救便當大作戰，成功！」真是太可愛了！明明老鼠闖便利商店是很要不得的行為，我卻很愛這三隻可愛的老鼠。

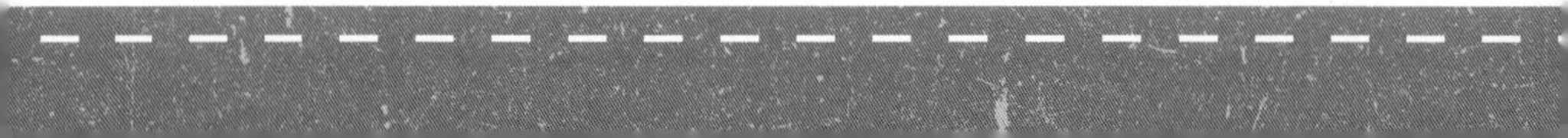

搶救玩具店

／管家琪

◎ 插畫／吳嘉鴻

作者簡介

兒童文學作家。一九六〇出生於台灣台北，祖籍江蘇鹽城。輔大歷史系畢業。曾任民生報記者。自一九九一年五月底辭去報社工作之後，即專職寫作至今，作品豐富，在台灣出版的童書已逾三百冊，在大陸也近兩百冊，另在香港、馬來西亞也有數十冊。曾多次得獎，包括金鼎獎、德國法蘭克福書展最佳童書等等。

童話觀

童話就跟所有的文學一樣，都是在反應現實，只不過因為主要訴求的讀者對象畢竟是小朋友，所以要注意表達的方式，包括語言以及小朋友普遍都有的生活經驗，這樣才能引起小朋友的共鳴。

「老闆不做了！老闆要關門了！我們都要完蛋了！完蛋了！」

一大早，當大多數的夥伴都還在呼呼大睡的時候，遙控飛機就跟瘋子一樣到處飛來飛去，傳播著這個驚人的消息。

大夥兒都紛紛從夢中驚醒，很快的，玩具兵、大暴龍、洋娃娃、熊寶寶……一大堆的夥伴都齊聲哀嚎：「哇！慘了慘了！我們都要完蛋了！」

就在一陣吵雜聲中，一個低沉的聲音從角落傳來：「哎，吵什麼吵，大驚小怪！」

這是一個木質陀螺，是這家玩具店裡頭最資深的元老，每一個夥伴都是他看著進來的，大家向來都很尊敬他。

遙控飛機驚慌失措的說：「是真的！剛才我在餐廳那裡聽到的！」

玩具店老闆一家就住在後頭，老闆有個小孫子天天，剛才順手把遙控飛機帶到了早餐桌上，遙控飛機這才剛巧聽到了那個爆炸性的消息。

可想而知，如果老闆真的不做了，大家勢必就通通都將無家可歸了。想到這裡，大夥兒哭天喊地，全都陷入了六神無主的焦慮之中。

而那個陀螺呢，卻還是老神在在，「哎，這是遲早的事嘛，有什麼好意外的？」

「遲早？」大暴龍歪著大腦袋，「這是什麼意思？」

陀螺慢條斯理的說：「你們也不想想，咱們這個店成立也有好一段時間了吧？」

「好一段時間？……那是多久哇？……」

這也難怪，因為他們是玩具啊，對時間沒有什麼概念。嘰嘰喳喳討論了半天，洋娃娃才想到：「應該是有一陣子了，因為天天的樣子不一樣了嘛。」

她記得在自己剛來的時候，天天的個子要小一點，整個感覺也要更稚嫩一點。

「說得也是哦！沒錯沒錯！應該是有一陣子了！」只要有了天天這個最佳參照物，大夥兒都覺得有些概念了。

「好，那現在請你們再想一想，」陀螺問道：「平常來咱們這個店裡的客人多嗎？離開的弟兄姊妹們呢？多嗎？」

大夥兒沉默了一會兒，熊寶寶說：「呃，好像真的都不多……」

「所以了，」陀螺平靜的說：「開不下去是遲早的啊，有什麼好意外的咧！」

又是一陣沉默，終於，資格也算比較老的玩具兵大呼道：「可是，我們不是鎮上唯一一家玩具店嗎？唯一一家！不管是老闆還是我們都不應該受到這樣的待遇！」

之前玩具兵曾經聽老闆告訴過朋友，說城裡的小朋友最喜歡去遊樂園和玩具店，他也很想為鎮上的孩子們成立一個專屬天地，不過，要做遊樂園的難度太大，他決定開一家可以讓很多孩子們流連忘返的玩具店，於是，這家標榜著可以開開心心玩到飽的共享玩具店就這麼誕生了。

玩具兵至今還記得當初老闆那意氣風發的模樣，實在很難想像他現在真的就要放棄了？

玩具兵豪情萬丈的提議道：「我們一定要幫老闆保住這家玩具店！」

「哼，真會說大話，」陀螺冷冷的說：「你只是一個玩具，我們都只是玩具，能做什麼！」

大夥兒都很無語。遙控飛機又在滿場兜圈子，邊兜邊嚷：「完蛋了！完蛋了！」

因為天天剛剛幫他換了新電池，所以他非常亢奮。

大暴龍也挨著洋娃娃，沒精打采，「對呀，我們只是玩具，能做什麼……」

熊寶寶倒是沒那麼悲觀，他支持玩具兵，「誰說玩具就不能做什麼？那天我聽一個小女孩說，自從她把我們一個夥伴送給在醫院裡的妹妹之後，妹妹的精神就好多了，也比較有笑容了。」

玩具兵頓時靈光一閃，「對！就是這樣！我記得以前老闆常常看一個方方的東西，每次一看臉上都會帶著笑容，看上去很有精神……奇怪，後來我好像很少看到他再看那個東西了？」

洋娃娃好奇的問：「是什麼東西啊？」

玩具兵說：「老實講我也弄不清，因為我是隔了一段距離，看不大清楚，只記得是一個方方的、扁扁的東西。」

大暴龍說：「我知道了！那個東西一定是有魔法！」

「那……」洋娃娃想了一下，「會不會就是因為那個東西不見了，老闆才愈來愈沒精神？如果我們能把那個東西找出來……」

玩具兵和熊寶寶異口同聲：「也許老闆就會有辦法了！」

陀螺還是照樣潑著冷水，「哪有這麼簡單！你們連那個東西是什麼都不知道，怎麼找？什麼方方扁扁的！」

玩具兵說：「試試看嘛！不試不知道啊！」

這天夜裡，大夥兒立刻行動起來，在玩具店裡頭東翻西找。大家都相信那個神奇的、能夠讓老闆重新精神百倍的東西，一定就在店裡。

陀螺還是在旁時不時的嘀咕著：「哎，真是多餘，還不如趁著最後的日子好好的睡大覺……」

過了好一會兒，大暴龍找到一個寫字板，洋娃娃找到一個娃娃屋背景的厚紙板，熊寶寶找到一個跳棋棋盤，全都是「方方扁扁」，可是玩具兵看了都一直搖頭。

「不對不對，我印象中那個東西不是這樣的，」玩具兵想了半天，總算又擠出一條線索，「沒這麼大！這些都太大了！」

一個方方扁扁、然後沒這麼大的東西？

大暴龍豪爽的說：「沒關係，我們再找！」

又過了一會兒，熊寶寶找來一張遊戲卡，大暴龍找來認字卡，洋娃娃則找來一張印有卡通明星的明信片。

這回，玩具兵說：「好像又沒這麼小……」

就在這時，還在天花板猛兜圈子的遙控飛機說：「我好像看到一個東西還滿符合的。」

大夥兒一聽，都急著說：「那你趕快拿下來呀！」

那是兩張被裝在木質相框裡的照片，一大一小，一張黑白一張彩色。

玩具兵一看，終於說：「對了對了，好像就是這個！」

大夥兒湊上去一看，第一眼看到的都是那張彩色的照片，這是去年元旦玩具店開張當天，老闆笑瞇瞇在為孩子們示範打陀螺的時候，無意間被拍下來的。在相框左下角還有一張小小的黑白老照片，裡頭則是一個小男孩瞇著眼笑呵呵的在玩陀螺。

玩具兵沒有誇張，老闆臉上的笑容真的是久違了，更讓他們驚訝的是，老闆手中拿著的是——

「前輩，是你耶！」遙控飛機趕緊送過去給陀螺看，「好像都是你！」陀螺一看，激動得差一點老淚縱橫，「啊，真的，是我！都是我，我都忘了！」

隔天，當老闆在前台看到這兩張照片時，當場就愣住了，緊接著一股暖流瞬間流過他的全身。

啊，時間過得好快，轉眼又是一年了，元旦又快到了！從小他就特別喜歡元旦，總感覺這是一個神奇的日子，讓人自然而然就會覺得充滿了希望，有

信心一切都可以重新開始……

「好，就再試一下吧。」老闆想著。

「開一家玩具店」是他從小的志願啊，好不容易等到退休後終於開起來了，怎麼可以這麼快就放棄！

他打定主意，一定要趁著這幾天元旦假期，店裡孩子們特別多的大好機會，想辦法推廣自己心儀的共享玩具店的構想。

到底該怎麼推廣呢？老闆又想，難得兒子放假回來，也許自己應該耐煩的聽聽，何必說什麼氣話，也許年輕人真的會有不一樣的想法啊。

就這樣，捧著相框，一度有些灰心的老闆又找到了動力，也找回了笑容。

——原載二〇一九年一月一～二日《國語日報・故事》

編委的話

● 黃晨瑄

「哪裡有笑容，哪裡就有希望」，因為一張照片，讓玩具店老闆重新找回他原本要開玩具店的初心，這也在提醒我們，遇到困難時，別忘了自己當初的理想喔！

● 葉力齊

文中的玩具為了要讓老闆開心起來，到處尋找可以讓老闆開心起來的東西，但找了很多都不是。是一張老照片也就是老闆的初衷。

● 謝沛芸

玩具們為了幫老闆找回久違的笑容，終於發現原來老闆小時候的夢想是開一家玩具店，也許長大後夢想並不容易實現，但是還是要堅持到底不要輕易放棄。

同理、包容的二〇一九年童話

林哲璋

【前言】

主編年度童話選是十分榮耀的事，但我推辭了很久——覺得自己資格不夠，且瑣事過多，我喜歡寫童話給人家評，實在不喜歡評人家。

今年硬著頭皮，來選二〇一九年童話。

為了南北平衡，決定來點下港人的氣、府城人的味。由於我住在台南與高雄之間，行政區高雄，生活圈台南，因此，特地邀請高雄的力齊，和台南的沛芸、晨瑄擔任小主編，如此一來，連我在內，兩男兩女，算是性別和區域都平衡了。

【過程】

大、小主編比例一比三，三位小主編一致同意的作品，穩穩進入下一階段！第一次會議〈出租時間的羊奶奶〉、〈奇林〉、〈極冷火鍋店〉、〈搶救玩具店〉、〈雷神打噴嚏〉三票全過。〈奇林〉、〈極冷火鍋店〉兄弟鬩牆，由〈奇林〉勝出。

第二次會議三票全過的有：〈滿月蚵仔煎〉、〈中午十二點的貓咪麵館〉、〈小仙貝開學日〉、〈保母凱西〉、〈和一條龍做鄰居〉、〈蜘蛛小姐的舞伴〉、〈小烏鴉喝水〉。相同作者的〈小仙貝開學日〉、〈保母凱西〉由〈小仙貝開學日〉勝出，〈和一條龍做鄰居〉、〈中午十二點的貓咪麵館〉則由〈和一條龍做鄰居〉勝出。

得到兩位以上評審青睞的，也取得決選討論資格。

前兩次會議後，預選八篇決賽參考篇目：〈小仙貝開學日〉、〈和一條龍做鄰居〉、〈小烏鴉喝水〉、〈貼紙人〉、〈出租時間的羊奶奶〉、〈奇林〉、〈肚子裡的雷神〉、〈刺蝟小姐的帽子〉。

第三次會議舉行最後一次初選，並進行決選及敗部復活賽，由於賴曉珍〈刺蝟小姐的帽子〉出現版權問題無法收錄，芝墨（陸利芳）〈中午十二點的貓咪麵館〉翻盤取代〈和一條龍做鄰居〉，又戲劇性的被第三次初選的〈和熊比腕力〉打敗……

最後，選出廿篇，出處為——

《小典藏》一篇、《未來兒童》一篇、《小行星》二篇、《國語日報週刊》二篇、「文學獎項」五篇、《國語日報》九篇。

流連在入選門口，候補的遺珠有：賴曉珍〈小鱷魚別開門〉（未來兒童）、林黎明〈老鼠大仙〉（國語日報）、岑澎維〈妖塔塔過中秋〉（國語日報）、顏志豪〈宋之月〉（國語日報）。

值得一提的是顏志豪的作品被同一位小主編不斷提出（有些文章並未署名），可見「閱讀口味」的偏好確實存在。

本年度作品，或許受新聞事件影響，出現多篇探討社會議題的作品，例如性別議題：〈保姆凱西〉（王宇清／初選）、〈漂亮的小蜘蛛〉；環保議題：〈海底美食街〉、〈搶救玩具店〉；少兒福利、長照、獨居老人議題：〈小馬大虎回澎湖〉、〈出租時間的羊奶奶〉、〈搶救便當大作戰〉；文化差異：〈妖怪惡龍的願望〉。

常見的親情、人際、修養、品格議題也有：〈小仙貝開學日〉、〈貼紙人〉、〈奇林〉、〈完美的一天〉、〈噩夢收購站〉、〈回家〉、〈郝禱梅〉、〈和熊比腕力〉；機智解決危機：〈小烏鴉喝水〉、〈小朋友怕什麼鬼？〉。

入選作品最大來源的《國語日報》，今年特色是「連載」作品比例不小。單篇作品在連載的夾縫之間求生，頗為辛苦。

連載作品質量均豐，卻不一定合乎童話文類的要求，有些是小說、故事，有些是相聲劇本，有些是知識性讀物，就算是長篇童話，若非單元性作品，也難選入，這是可惜的地方。

今年常見作者多篇作品出線，牧笛獎本土作者得獎比例也變多，是否本土童話作者更加努力了呢？

童話作品，似乎一直在「詩」與「小說」之間擺盪。

「詩」重字句修飾，「小說」重細節、人物刻畫；「詩」出神入化、天馬行空，「小說」具體寫實、以假亂真；「詩」虛而「小說」實，「詩」多義而「小說」專一。

童話是「可圈可點的胡說八道，入情入理的荒誕無稽」，「胡說八道、荒誕無稽」靠近「詩」，「可圈可點、入情入理」接近「小說」（童話小說化）。兩端拉扯，如何執其中庸，便是很有趣的觀察。

林世仁被提出討論的作品〈?的時間之旅〉（未來兒童），就是詩化童話代表，施養慧〈星空下的旋轉木馬〉也充滿詩意，王家珍〈小馬大虎回澎湖〉注意到煉句及重複的韻律；相對於〈和熊比腕力〉、〈出租時間的羊奶奶〉、〈搶救玩具店〉、〈搶救便當大作戰〉等雖然有著童話主角，氣質就靠近另一端了。

童話字數一長，難免偏向小說端；短篇童話雖然沒有字數優勢，也不妨在「詩」的一端汲取「藝術」的籌碼。如此左右逢源，才能將童話臻至上乘。

【同理與包容】

本次收錄作品用「反向思考、易地而處」為標準（林世仁《妖怪小學》亦揭櫫此一道家哲學），可以粗分為「早起的鳥兒有蟲吃」及「早起的蟲兒被鳥吃」兩大類。換句話說，採取立場轉換，或結局、反應另類的作品，有過半機會吸引本屆主編青睞。

屬於「早起的蟲兒被鳥吃」——翻轉觀點——的有：

〈小仙貝的開學日〉：一所似乎爸媽比小孩更想就讀的幼稚園。

〈妖怪惡龍的願望〉：西方的惡龍一點都不羨慕東方的神龍。

〈郝禱梅〉：危機是轉機、無入而不自得！牛頓被蘋果砸，也會喊「郝禱梅」！

〈和熊比腕力〉：一篇用語言文字（言教）來示範「身教重於言教」的童話。

〈蜘蛛小姐的舞伴〉：「精神食糧」（藝術）比實際的糧食更吸引人哪！

〈漂亮的小蜘蛛〉：愛漂亮、愛編織是男生的專利嗎？

〈海底美食街〉：海底生物都把垃圾丟上陸地，那會怎麼樣？

〈噩夢收購站〉：小朋友們，好好照顧大人（噩夢的源頭）吧！

〈小朋友怕什麼鬼？〉：連「鬼」想找個鬼屋的工作都不容易呀！

〈回家〉：傑出的童話作者能生死肉骨，讓鬼不可怕，死不可悲，反而超可愛。本篇是年度童話獎得獎作品，劉碧玲今年創作積極，也有文學獎項入袋。其作品不斷受到大小主編青睞：〈蚯蚓的願望〉、〈兔子時鐘〉、〈公雞出庭〉等皆入初選，最後由〈回家〉代表。作品質優多產，是劉碧玲出線的關鍵。

另十篇是溫良恭儉讓的「早起的鳥兒有蟲吃」一類：

〈貼紙人〉：貼紙人為民喉舌、做你眼睛、同理傷痛、緩衝墜落……超酷的！

〈星空下的旋轉木馬〉：詩一般的童話！主角的冒險，身旁都陪著媽媽。

〈小烏鴉喝水〉：利用觀察、實驗得來的知識解決問題，這是建構式的聰明。烏鴉天生喜歡蒐集亮亮的東西——玻璃瓶和不鏽鋼吸管，也是剛好而已。

〈小馬大虎回澎湖〉：本篇的「珠」是家鄉和親情，「櫝」則是語文遊戲。除了魔法，敘述過程中的語文滑稽也是「寓教於樂」樂的來源。

〈奇林〉：神祕、刺激又有點淡淡的憂愁。能力愈大愈奇葩，愈不見容於社會，是超人？是怪客？是高處不勝寒？是怕牙醫的鱷魚？

〈出租時間的羊奶奶〉：就說陪伴很重要，因為價值雙倍的租金！

〈完美的一天〉：杞人憂天，心裡有鬼。這一天糟糕得很完美，完美得很糟糕。

〈肚子裡的雷神〉：肚子餓會咕嚕咕嚕，因為有雷神！拉肚子會噗ㄘ噗ㄘ，因為有雷神！放屁會……可愛的胃脹氣神話。

〈搶救便當大作戰〉：做白工卻超有愛的溫馨冒險童話，穿西裝的小白鼠是最後的神仙教母，魔法來自美妙良善的社會制度。

〈搶救玩具店〉：迷你「玩具總動員」！回憶夢想的「初心」，就有堅持和前進的「動力」。本篇為小主編推薦獎作品。大主編袖手旁觀，結果出現後，聽到一位小主編雀躍的說：「管家琪老師到過我們學校，我們都好喜歡她吔！」

大主編唯一拉票的作品是〈妖怪惡龍的願望〉，這則零到九十九歲適讀的童話，被大主編郢書燕說為一則完美解釋「民主亂象」的寓言：西方來的「德先生」本來就是惡龍的形象。騎士騎著四足（行政、立法、司法、媒體）鼎立的白馬，拿著選票和罷免的寶劍，打擊穿龍袍、貼龍鱗的生物，拯救公主費（FREE）小姐。

【感謝】

感謝小主編！

還有小主編的爸媽，辛苦的護送小主編，高雄台南兩地奔波。

感謝台南大學陳昭吟教授，自願擔任主持人及計票員，幫忙照顧大家。

感謝左營讀寫堂出借白板教室，還準備點心，使我們決選會議輕鬆舒適。

感謝我的老婆打點招呼一切。

【反省】

這次評選，因為個人因素加上怠惰成性，可能漏了一些應列入評選的刊物。發現後時間上已來不及，也不忍加諸小主編臨時抱佛腳的壓力，這是我的過失。因此，若是童話作者有優秀的童話未被選入，肯定就是我漏掉了。

但如果被選上，則百分之百是大小主編一致公認的好作品。

評審期間傳來《小典藏》紙本於二〇一九年十二月休刊、轉為網路發行的消息，頗感可惜，希望《小典藏》依舊在兒童文學、童話的路上與我們同行。

【感言】

本年度童話大事記，最大事件肯定是兒文界人人敬愛的林良爺爺過世的消息。決心踏入兒文界前，我在職場累積出的人生哲學為：工作能否堅持一輩子，判斷的方法是去看前輩、主管和上司，想想自己未來願不願擁有那樣的一張臉。

後來，我在頒獎場合及研討會上，見到了林良爺爺的笑臉——那就是我未來期待擁有的臉。

各位入選的作者同好，未來也會有很多小讀者，希望擁有你們的笑臉吧！

找尋BOOK思議的童話夢想國度

黃晨瑄

很榮幸有機會擔任《九歌一〇八年童話選》的小主編，因為這個機緣，讓我能一次大飽眼福欣賞這麼多精采的童話故事，除此之外，這個活動也讓我認識幽默風趣的哲瑋老師，還結交兩個新朋友。

這次的童話評選中，讓我打開了不一樣的視野，更佩服每個作者的創意巧思，他們透過有趣的童話故事傳達給我們不同的人生哲理，他們巧妙安排逗趣的情節總能讓我們讀來發出會心的一笑，他們的觀察敏銳也讓我了解創作的點子是無所不在，正因為篇篇故事都是精選再精選，因此，我們三個小主編可是絞盡腦汁，才能挑出最經典的二十篇童話故事。

〈完美的這一天〉這一篇故事，是我覺得最有趣的一篇，蜘蛛在被灌下迷湯之後，竟不知不覺透露出自己的身分，然而那種擔心自己在天敵面前洩漏身分的窘境，真是讀來令人莞爾。

〈回家〉這篇大家公認的經典故事，也是我很喜歡的一篇故事。它讓我覺得家人之間的愛不會因為死別而阻隔，透過祭拜的時節打開天聽，讓我們可以遙寄對逝去親人的愛。

〈蜘蛛小姐的舞伴〉這一篇故事，是我覺得頗具創意的一篇，蚱蜢落入蜘蛛精心編織的網子中，兩人打鬥拚搏的模樣，竟被誤會是在共舞，任誰也沒想到飢腸轆轆的蜘蛛竟願意放棄煮熟的鴨子，反而和蚱蜢一同跳舞，這樣的故事橋段應該前所未有吧！

〈郝禱梅〉這篇充滿正面思考的故事一定要分享給大家。世人對於倒楣事往往都避之而唯恐不及，但郝禱梅卻能利用這些倒楣事產生創作的靈感，我覺得這樣的正能量應該人人都很需要吧！許多偉大的發明不也是在重重的困難中誕生的嗎？

〈出租時間的羊奶奶〉這一篇故事讀來溫馨，也發人深省，其實父母每天為我們東奔西跑，為我們打點這，處理那，不也是在出租他們的時間嗎？雖然不管貧富貴賤，每一個人一天都有二十四小時，但是在不同階段要處理的事就大不相同，因此，互相體恤，分工合作，不正好可以解決時間不夠用，或是沒事做閒得發慌的不完美嗎？

〈小朋友怕什麼鬼〉這一篇故事充分運用食物鏈法則，作者的巧思安排，讓我們明白在你看來恐怖的事，別人或許不這麼認為，只因為一物剋一物，這不也是大自然不變的定律嗎？

讀完這麼多精采的故事，的確是收穫滿滿，也大呼暢快，感謝所有創意滿滿的作家，為我們的童年生活帶來多元的調味，更感謝九歌給我這麼好的機會，讓我可以因為閱讀而結交友伴，因閱讀而學習新鮮的事物，希望我們三個小主編為大家挑選的作品，能陪伴大家度過每個無聊的時光。

意外的收穫

葉力齊

一開始知道自己被九歌選為小主編時，心裡非常的雀躍又興奮，自己竟然幸運的被選中這份工作，這份工作不僅可以讓自己有多一點時間來閱讀，還可以選出自己最喜歡的童話來編成一本書，不做小主編可能連自己都會後悔！

我自己之所以會喜歡當小主編，是因為自己當小主編時可以藉由這一份工作來使自己有閱讀的機會。我是一個非常喜歡閱讀的小孩，從小爸爸六日休假都喜歡帶我們去圖書館，我第一次去圖書館就喜歡上那個地方，各式各樣的書永遠都看不完，每次我都是從早上看到下午二點多，感覺肚子好像有點餓了，才知道已經看到過了午餐時間（這是算是廢寢忘食吧！）。而每一次在自己心情很亂的時候，也喜歡從我的書架上拿一本喜歡的書開始回味，即使是已經看過的書，重新再看一次也是很開心。除此之外，我想當小主編的原因是因為我喜歡分享，尤其是分享我看過的書，我心裡面看完這本書的想法。可是偏偏每次在學校，我舉手要跟老師說的時候，老師都不理我，或者要我把機會讓給別的同學，說我一直講話都是我在講。這次當小主編，老師、同學即使不想聽都得被迫聽我分享，哈，真是一舉兩得。

但是，我卻沒想到我自己課業上的問題。由於那個時候是小學六年級，每天都嘻嘻哈哈的非常優游自在，尤其是在放暑假的時候，每天就算看半年份的童話都沒有問題！可是在暑假放完後，我就正式升上了國中一年級，每一天都要考試，功課又很多，幾乎很少有時間來好好讀童話，導致我只剩下寶貴的周末可以拿來讀童話，每天緊繃的生活讓我很少有時間休息，但當我現在把童話都讀完後，整個人好像都快要飛了起來一樣，像放下了心中的一塊大石頭，非常有成就感。雖然每天都很累，但這一次當小主編正好可以讓我自己有多閱讀的好機會。

但比起這一次在閱讀童話的部分，我更喜歡和大家討論的過程，每一個人都有自己不同的想法，有的人喜歡這一篇童話、有的人不喜歡、有的人根本沒有感覺，因此每一次在選童話的時候，大家幾乎都會互相爭論，有時我才剛說出我很喜歡的童話，其他人就立刻跳出來說自己不太喜歡，每一次開會都常常會發生這種狀況。而我們為了要讓評審們都保持中立來選出自己喜歡的童話，我們還會使用「硬幣」來選擇童話，可不是你想的那樣，拿硬幣來賭博之類的，而是運用硬幣的正反面來選擇，大家先決定好自己喜不喜歡，喜歡就是正面，不喜歡就是反面，擺好後把硬幣放在手下，再等老師數完三二一後一起公布，出來的結果總是讓票數較少的人感到不甘，又讓大家感到非常驚訝。而在選童話的時候有時有每個人都很喜歡的，硬幣翻開時大家都會不禁笑了一下，像〈和熊比腕力〉，就是我們大家一起選出來的一部童話，這一篇童話內容非常有趣，小男孩和熊的互動也非常吸引人，是我最喜歡的童話之一。

總而言之，能獲選為《九歌一〇八年童話》小主編，我真的非常榮幸。希望我以後還有機會為大家選出更多的作品！

童話就是生活中無限的想像

謝沛芸

能擔任這次的小主編，首先要感謝我的國小導師——溫美玉老師的推薦，我才有機會認識這次的主編——林哲瑋老師，更要感謝九歌出版社提供這樣的機會，我才能在這邊寫下我的感言。

當我知道能擔任小主編的時候，內心充滿著期待與驚喜，當然一開始也有些許不安，擔心自己沒辦法勝任。但在第一次哲瑋老師召集小主編們開會，解說如何進行評審工作時，我知道我已經愛上這份工作了，迫不及待想要馬上開始。不只因為我們的主編幽默風趣、平易近人，另兩位小主編也和我同樣年紀，讓我認識了兩位新朋友，最重要的是，當小主編還能免費閱讀一整年的童話故事，相信這一定是一次很棒的經驗。

在評審工作裡，我最喜歡每次開會的討論過程，當大家意見不一時，就要努力拉票，說服別人接受自己選的文章，如果還是沒結果，只能用翻錢幣投票決定，選兩篇出來廝殺決勝負，我每次翻都很緊張，很怕自己喜歡的童話沒選上。我發現我們三位小主編喜愛的童話故事有點不太一樣，我喜歡無俚頭又可愛的故事，因為邏輯很特別會讓讀者有更多想像的空間；晨瑄則偏好故事精采有深度的童話；而力齊喜歡有寓意的故事。當我們分享彼此的想法時，都會覺得特別有趣。

倒數第二次的開會討論讓我印象最深刻，因為評審工作已經快接近尾聲了，只能從眾多喜歡的故事裡選出前二十名，因幾次開會下來，大家愈來愈有默契，那次開會我們很團結也能互相體諒配合，雖然有些很喜歡的故事被刪掉了覺得很可惜，不過我們最後選出的二十篇故事，在我們三位小主編心中都是首選，那次大家的意見難得一致，非常有效率。

全部的故事裡，我最喜歡的是〈貼紙人〉，因為故事內容很有想像力，像貼紙一樣的特異功能太特別了，主角阿日明知道使用貼紙功能會讓自己的身體也受傷，但他仍願意用他的能力默默幫助別人，看的過程中有一度非常感動，尤其是他幫助想當英雄的阿凱，明明自己才是真正的英雄，但他卻不邀功不驕傲，我很欣賞像阿日那樣的人。

最後，要特別謝謝哲瑋老師，他是我在這次交流討論中，幫助我最多的人。老師給我許多建議讓我有更進一步的想法，因為有時候我不知道自己想的方向對不對，但是老師和其他兩位小主編都會給我不同的構想，讓我受益良多。當然也要謝謝晨瑄和力齊，我們一起努力終於完成了這部偉大的著作，真的很高興認識你們。不過，我們最後還要再合作一次，就是要用我們的念力，希望我們選出的故事，讀者們都會喜歡。

一〇八年童話紀事

◎陳玉金

一月

●五至二十日，以繪本《恐龍X光》獲得二〇一八 Openbook 最佳童書獎的韓國繪本作家慶惠媛在田園城市展出「剛好 hen 惠畫：慶惠媛原稿插畫 & 剛好精選書展」。

●十一日，「二〇一九台北國際書展大獎」今年新設立「兒童及青少年獎」，首次共有三本獲得首獎：陳俊堯、FOREST《值得認識的三十八個細菌好朋友》（國語日報社）、湯姆牛《藝術家阿德》（遠見天下）、幾米《不愛讀書不是你的錯》（大塊文化）。

●十四日，義大利波隆那插畫展公布今年入選插畫作品及繪者名單，台灣共有九位插畫家獲此殊榮：陳盈秀、陳永凱（阿尼默）、蔣孟芸（貓魚）、周宜賢、江培瑜、林芸、戴語彤、鄧彧、李允權，入選人數創歷史新高。本屆總計來自全球六十二個國家，二千九百零一人參加，選出二十七個國家的七十六位插畫家。

●王力芹著、羅莎圖，《都是ㄇㄞˋ的：王力芹童話故事集》由威秀少年出版。

●林哲璋著、BO2圖，《屁屁超人與錯字大師和跳跳娃》由親子天下出版。

●林哲璋著、BO2圖，《用點心學校10：皇家金布丁》由小天下出版。

●陳正恩著、嚴凱信圖，《很難打開的鎖》由小兵出版。

●鄭宗弦著、唐唐圖，《少年廚俠3：消失的魔石》由親子天下出版。

二月

●十二至十七日，第二十七屆台北國際書展在台北世貿舉行。總計國內外有五十二國、七百三十五家出版社參與。十五日的童書論壇「圖畫書的可能性」由柯倩華主持，邀請葛拉西亞．高蒂（Grazia Gotti）與幾米主講。

●王文華著、施暖暖圖，《小狐仙的超級任務1：真真假假狀元郎》、《小狐仙的超級任務2：代班雷神立大功》、《小狐仙的超級任務3：天下無敵小氣鬼》、《小狐仙的超級任務4：賭鬼最怕倒楣神》、《小狐仙的超級任務5：飛天龍有懼高症》、《小狐仙的超級任務6：大家來抓偷夢賊》、《小狐仙的超級任務7：瘦瘦狼仙大騙子》由小兵出版。

●周姚萍著、王宇世圖，《周姚萍講新魔王故事2：奇奇時空機》由五南出版。

三月

●五日，九歌出版社公布一〇七年度童話獎得主為王宇清〈星願親子餐廳〉、小主編推薦童話獎得主為許亞歷〈讓色彩再現的灰階國〉奪得。

●二十一日，《三球毛線，編織自由》的繪者河野雅拉，為日裔任職於葡萄牙出版社的創作者兼美術編輯，下午於宜蘭小魯繪本館舉行國際交流會。

●二十九日，知名畫家吳昊離世，為東方畫會成員，享年八十八歲。吳昊曾為中華兒童叢書《老婆婆和黑猩猩》、《汪小小尋父》、《汪小小學醫》、《汪小小學畫》等書畫插圖。

●謝鴻文主編、王淑慧等圖，《九歌一〇七年童話選之許願餐廳》、《九歌一〇七年童話選之神仙快遞》由九歌出版。

●郭恆祺著、BO2圖，《文具精靈國1：創意魔小開學趴》由小魯出版。

●李光福著、崔麗君圖，《後宮真煩傳》由小兵出版。

四月

●一日，義大利波隆那兒童書展頒發年度最佳童書出版社，亞洲區得主為大塊出版公司。由文化部主辦，台北書展基金會承辦的台灣館，以「山裡的圖書館」為主題設計獲得讚揚。

●二十七日，第三十一屆信誼幼兒文學獎舉行頒獎典禮，總計收到五〇六件作品，決審評委選出圖畫書創作首獎《小黑與櫻花》、佳作《小棉花》，文字首獎從缺，《找帽子》獲得佳作獎。

●二十日，「好書大家讀」二〇一八年度最佳少年兒童讀物得獎好書舉行頒獎典禮。年度最佳少年兒童讀物共有單冊圖書一〇四冊、套書三套一〇冊獲獎，其中文學讀物三十三冊，圖畫書及幼兒讀物單冊五十二冊、套書一套三冊，知識性讀物單冊十九冊、套書二套七冊。在獲獎的作品中，本土創作或編著共三十五冊，翻譯作品七十九冊。本年度得獎書的主題越發多元，如弱勢家庭與族群關懷、校園霸凌、動物擬人化小說等，有別於以往多數為奇幻體裁的小說。

●王淑芬著、尤淑瑜圖，《貓巧可4：貓巧可救了小紅帽》由親子天下出版。

●王文華等著、許台育等圖，《超馬童話大冒險1：誰來出任務？》由字畝文化出版。

五月

●三至四日，國立台東大學兒童文學研究所主辦「二〇一九兒少文學與文化學術研討會——誰在說兒少讀者？」主題論文二十四篇，採分科分場方式進行，從「生產」、「收受」與「理論論述」三個層面深入探討大會主題。

●繪本畫家李瑾倫以《呼喚我的貓》入選英國圖書信託基金（Booktrust）五月份的三到五歲「保證閱讀好書」推薦書單。

●繪本畫家郭飛飛的繪本作品《I can fly》，入圍二〇一九年英國「佛魯格繪本獎」（Klaus Flugge Prize）決選名單。

●第六十六屆「日本產經兒童出版文化獎」得獎名單公布，台灣繪本作家林小杯以《喀噠喀噠喀噠》獲頒該獎的翻譯作品獎，為我國代表作品首次獲獎。本書曾獲文化部補助翻譯出版。

●王玄慧著、陳品睿圖，《狐狸阿聰2》由巴巴文化出版。

六月

●四至三十日，桃園展演中心展出第七屆「桃園插畫大展」，展出來自十一國六十位創作者共計一百九十幅插畫作品。插畫競賽金獎由在地插畫家蕭宇珊，以〈重新起飛，從心起飛〉奪得；銀獎及銅獎分別由賴信豪、溫守瑜獲獎；桃園限定的特別獎項「桃畫獎」則由黃昱佳獲得；佳作共計十六名。

● 十二日，第十三屆林君鴻兒童文學獎舉行頒獎典禮，第一名林益生〈彩虹起床了〉、李襄君〈夜旅〉、林言穗〈入眠——安寧病房的孩子〉。

● 王文華著、25度圖，《可能小學的藝術國寶任務1：代號毛公行動》、《可能小學的藝術國寶任務2：決戰蘭亭密碼》、《可能小學的藝術國寶任務3：穿越夜宴謎城》、《可能小學的藝術國寶任務4：259敦煌計畫》由親子天下出版。

● 賴曉珍著、BO2圖，《好想讀童話：洗狗人大戰飛天豬》由小天下出版。

● 姜子安著、吳子平圖，《喵星人出任務》由小兵出版。

● 孫成傑著、熊育賢圖，《動物溫泉》由小康軒出版。

● 賴曉珍著、尤淑瑜圖，《好品格童話1：壞脾氣的星星》由小天下出版。

● 賴曉珍著、吳欣芷圖，《好品格童話2：孔雀先生的祕密》由小天下出版。

● 王淑芬著、尤淑瑜圖，《貓巧可4：貓巧可救了小紅帽》由親子天下出版。

● 顏志豪等著、許台育等圖，《超馬童話大冒險2：在一起練習曲》由字畝文化出版。

●王家珍著、黃祈嘉圖，《精靈的慢遞包裹》由字畝文化出版。

七月

●一至二十八日，成軍二十三年的圖畫書俱樂部舉行「書店裡的手製繪本展」首站在台北花栗鼠繪本館舉行。接下來在八月三日至三十一日，在高雄．小房子書鋪展出。九月七日至二十九日在台中．梓書房。十月五至二十七日，桃園．毛怪和朋友們。十一月二日至十二月一日，台北．小路上藝文空間。

●二至四日，國立台東大學兒童文學研究所舉辦「夏日學校．兒文零距離」，課程有林文寶、楊茂秀、張子樟、杜明城、陳錦忠、王友輝、游珮芸、黃雅淳、藍劍虹等共計教授與兒童文學相關十堂課。

●十二至十五日，由文化部及台北市政府教育局指導、中華民國出版商業同業公會全國聯合會與揆眾展覽共同主辦的童書主題展「台北國際童書展」與「台北國際婦幼大展」、「台北樂器大展」在世貿一館同步展出，本次展出的主軸「贏在閱讀」，三十五家童書出版社參與。

●十七日，一〇八年教育部文藝創作獎得獎名單公告，教師組童話項共六名：優選：

陳昇群〈阿皮的隱身術〉，優選：黃培欽〈電光寶貝〉，優選：陳志和〈會凸槌的土地公〉，佳作：李柏宗〈貼紙人〉，佳作：王俍凱〈我要當個怪猴子〉，佳作：郭鈴惠〈兔爸的簡單蛋糕店〉。

●二十七至三十日，二〇一九蘭陽繪本創作營以「寶貝．蘭陽美」為主題，結合宜蘭當地人文和特產等元素，為嬰幼兒創作出富含家鄉之美的繪本。本次邀請日本繪本作家三浦太郎與學員們進行一對一的作品深度討論與分析。

●王文華著、九子圖，《月光下的舞蹈家》由小天下出版。

●哲也著、水腦圖，《小恐龍大鬧恐怖學園》由親子天下出版。

●亞平著、李小逸圖，《貓卡卡的裁縫店2：河馬夫人的禮服》由小天下出版。

●許亞歷著、許珮淨圖，《到怪獸國遊歷：文字欲大解放，喚醒創作力！》由幼獅文化出版。

八月

●十二日，第四十三屆金鼎獎得獎名單公布。特別貢獻獎由幸佳慧獲得，評審委員盛讚，幸佳慧的實踐，是在進行一場發生於兒童文學領域內的閱讀社會運動。圖書類出版獎：兒童及少年圖書獎：幾米《不愛讀書不是你的錯》、張維中著、南君圖《麒麟湯》、陳俊堯《值得認識的三十八個：細菌好朋友》、林世仁《小師父大徒弟：尋找心的魔法》。

●十二日，文化部辦理「第四十一次中小學生讀物選介」結果出爐。本次共計共有二八〇家出版社報名參選，由三千三百九十五種參選讀物，選出八大類五九〇種推介讀物、七十本精選之星推薦。

●二十六日，原定於九月十二日舉行頒獎典禮的金鼎獎，因顧及獲得特別貢獻獎的幸佳慧病危，今日行政院特邀她到院接受頒獎。

●二十九日，台南市政府文化局公布第九屆台南文學獎得獎名單，其中兒童文學：首獎陳正恩〈老劍獅與流浪狗〉；優等陳榕笙〈夜奔〉，佳作劉碧玲〈回家〉、陳啟淦〈最特別的禮物〉、黃脩紋〈漂亮的小蜘蛛〉。

●哲也著、右耳圖，《YES！也算是小超人2：超能力出租店》由小天下出版。

九月

●六日，二〇一九年上年度（第七十六梯次）「好書大家讀」優良少年兒童讀物評選結果揭曉共計選出單冊圖書一九五冊、套書二套七冊。

●二十五日，第二十七屆九歌現代少兒文學獎舉行頒獎典禮。首獎：薩芙《少女練習曲》，評審獎：李郁棻《故宮嬉遊記：古物飛揚》，推薦獎：娜芝娜《鯨魚的肚臍》，榮譽獎：邱靖巧《短褲女孩青春週記》。

●二十五日，第十屆金漫獎頒獎，插畫家崔麗君以《貓、妮妮一起玩》奪得兒童漫畫獎。

●二十七日，第八屆台中文學獎公布，童話：第一名洪雅齡〈鳩寶勇闖挑戰營〉、第二名許庭瑋〈強哥〉、第三名李郁棻〈發呆的阿待〉；佳作鄭丞鈞〈搶救便當大作戰〉、王美慧〈海底美食街〉、蘇麗春〈白鷺詩王國的小詩鷺〉、蔡淑仁〈唱給月亮的搖籃曲〉。

●高雄市圖總圖開啟「《好繪芽》繪本創作人才扶植計畫」，第一階段「繪本創作班」邀請繪本作家夫妻檔黃郁欽、陶樂蒂全程帶班講授故事寫作、繪本創作、即時解惑和討論，並規畫九堂講師課程，包含張淑瓊、楊禎禎、海狗房東、林小杯、周見信、郭乃文、邱承宗、高明美、童嘉、姚信安等十位實務經驗豐富的講師。課程從九月七日起至十二月十四日周末上課。

●亞平著、黃雅玲圖，《狐狸澡堂1：誰闖進來了？》由國語日報出版。

●洪國隆著、徐建國圖，《沒見過火雞的國王》由小兵出版。

●黃登漢著、徐至宏圖，《太空小戰警》由小兵出版。

●賴曉珍著、Momo Jeff（摸摸傑夫）圖，《好品格童話7：小鱷魚別開門》由小天下出版。

●賴曉珍著、蔡豫寧圖，《好品格童話8：大野狼咕嚕咕嚕》由小天下出版。

●郭恆祺著、BO2圖，《文具精靈國2：誰叫我是萬人迷！》由小魯出版。

●劉思源等著、尤淑瑜等圖，《超馬童話大冒險3：我們不同國》由字畝文化出版。

十月

●二日，第九屆新北市文學獎得獎名單出爐，繪本故事首獎：吳玉華〈愛吃書的小怪獸〉、優等：陳巧妤〈小乖，你也很棒！〉。

●五日，繪本作家劉旭恭以《橘色的馬》瑞典版，榮獲二〇一九年國際童書大獎彼得潘獎（Peter Pan Prize），此獎鼓勵在瑞典出版的翻譯兒童繪本及青少年讀物，特別是當地不易見到的文化、語言、國家的作品，藉此增進世界兒童文學交流。

●六日，海峽兩岸兒童文學研究會、天下文化於台北「93巷人文空間」為林良舉行九十六歲暖壽宴會暨《快樂少年》新書分享會。

●七日，二〇一九年桃園鍾肇政文學獎「丹桂飄香掛心腸」得獎名單出爐，兒童文學類：正獎：范富玲〈人人都是土地公〉、副獎：巫佳蓮〈吃眼睛的怪獸〉、葉社傑〈夢牆〉。

●十四日，高雄市圖總圖《好繪芽》繪本創作獎助計畫開啟第二階段徵件，至明年二月十四日止，公開徵求台灣繪本好手之繪本提案，獎助提供創作扶持金、保證出版、補助購買與協助推廣等。

●十六日，兒童文學作家幸佳慧病世（出生於一九七三年），享年四十六歲。幸佳慧為英國新堡大學兒童文學博士，長期從事兒童文學創作、推廣、研究與翻譯。

●二十五日，第十八屆「國語日報兒童文學牧笛獎」揭曉，首獎從缺，第二名有兩位：嚴謐〈眼鏡遊戲〉、王林柏〈貝爾的願望〉；第三名：鄭若珣〈收字紙的人〉；佳作：劉美瑤〈關於離開這件事〉、劉丞娟〈好神補習班〉、黃淑萍〈死神的任務〉。

●林哲璋著、BO2圖，《拯救邏輯大作戰：無尾熊抱抱記》由四也出版。

●蕭逸清著、九春圖，《汪爾摩斯&喵森羅蘋3：雙重沙盤的謎團》由康軒出版。

十一月

● 十六日，由台灣兒童文學研究學會主辦的「秋季論壇」，邀請瑞典、台灣、香港學者以「兒童文學研究與出版」為題，於新竹舉行。

● 十七日，中華民國兒童文學學會主辦「傑出兒童文學作家作品討論會」，於兒童文學的家舉行。邀請周惠玲擔任領讀人談「林世仁作品的過去．現在與未來——二十五年的觀察小心得和小提問」，作家林世仁也在現場分享創作想法。

● 三十日，全球規模第二大、西語世界最大規模的墨西哥瓜達拉哈拉書展登場，台灣館由文化部主辦、台北書展基金會承辦，本屆邀請插畫家賴馬和漫畫家小莊參加。

● 三十日，二〇一九 Openbook 最佳童書獎，獲選最佳童書共六本，其中台灣原創有黃一峰的《怪咖動物偵探：城市野住客事件簿》、何華仁的《哇！公園有鷹》。獲得最佳青少年圖書共四本，台灣原創有安石榴的《那天，你抱著一隻天鵝回家：52則變形、幻想與深情的成人童話》。林真美以《有年輪的繪本》獲得年度最佳美好生活書獎。

● 王家珍著、詹迪薾圖，《小可愛聖誕工廠》由字畝文化出版。

● 亞平著、黃雅玲圖，《狐狸澡堂2：誰要吃飯糰子？》由國語日報出版。

● 洪佳如著、六十九圖，《魔法的祕密》由幼獅文化出版。

十二月

●七日，由國家圖書館主辦的「一〇八台灣閱讀節」，台灣閱讀節系列活動「森林故事村」在台北市大安森林公園舉行。國家圖書館邀請台北二十六個團體單位市立圖書館、小魯文化等團體單位，以四十一個故事屋篷，以說故事、故事劇場、手做創作活動、互動遊戲等，帶領前來參與的讀者體驗不同的故事空間和活動。

●十四日，由中華民國兒童文學學會主辦跨界座談，於國立台灣圖書館舉行。由台東大學兒童文學研究所所長、中華民國兒童文學學會理事長游珮芸主持兩場：上午場「電視劇與兒童文學」《你的孩子不是你的孩子》，與談人：導演陳慧翎、國立台東大學兒文所副教授藍劍虹；下午場「法律vs兒童文學跨界對談」《山手線死亡遊戲》，與談人：前任台北地檢署檢察官、現任主任行政執行官兼組長黃惠玲、國立台東大學兒文所助理教授葛容均。

●二十一日，第十八屆「國語日報兒童文學牧笛獎」舉行頒獎典禮，並出版得獎作品集《眼鏡遊戲》。

●二十三日，出生於一九二四年的兒童文學作家林良辭世，享壽九十六歲。以筆名子敏寫散文、本名為小讀者寫作。曾任小學老師、新聞記者、國語日報編輯、社長、董事長等。為台灣兒童文學導師，曾獲信誼幼兒文學特別貢獻獎、金鼎獎終生成就獎、國家文藝獎等，獲頒「景星二等勳章」。著有散文集《小太陽》，兒童文學論文集《淺語的藝術》，兒童文學著作《我要大公雞》、《我是一隻狐狸狗》、《我要大公雞》、《小紙船看海》……等及翻譯圖書達兩百多冊、兒歌創作達六千多首。

● 創辦自二〇〇四年九月一日的《小典藏 Artco Kids》，宣布在本月第一八四期出刊後，終止紙本出刊。

● 王文華著、陳志鴻圖，《王文華的食育童話：營養食堂直播室》由康軒公司出版。

● 王文華著、陳佳蕙圖，《王文華的食育童話：小魔女早餐店》由康軒公司出版。

● 王淑芬等著、蔡豫寧等圖，《超馬童話大冒險4：大家來分享》由字畝文化出版。

● 黃舞樵著、黃志民圖，《豌豆小公主與傑克》由幼獅文化出版。

九歌一〇八年童話選之早起的鳥兒有蟲吃
Collected Fairy Stories 2019

國家圖書館出版品預行編目 (CIP) 資料

九歌童話選之早起的鳥兒有蟲吃 . 一〇八年 / 林哲璋主編 ;
吳嘉鴻等圖 . -- 初版 . -- 臺北市 : 九歌 , 2020.03
面 ; 公分 . -- (九歌童話選 ; 20)
ISBN 978-986-450-280-6(平裝)
863.59 109001249

主 編 —— 林哲璋、黃晨瑄、葉力齊、謝沛芸
插 畫 —— 吳嘉鴻、李月玲、陳和凱、蘇力卡
執行編輯 —— 鍾欣純
創 辦 人 —— 蔡文甫
發 行 人 —— 蔡澤玉
出 版 —— 九歌出版社有限公司
台北市 105 八德路 3 段 12 巷 57 弄 40 號
電話／ 02-25776564・傳真／ 02-25789205
郵政劃撥／ 0112295-1

九歌文學網 www.chiuko.com.tw

印 刷 —— 晨捷印製印刷股份有限公司
法律顧問 —— 龍躍天律師 ・ 蕭雄淋律師 ・ 董安丹律師
初 版 —— 2020 年 3 月
定 價 —— 280 元
書 號 —— 0172020
I S B N —— 978-986-450-280-6

本書榮獲 台北市文化局 Department of Cultural Affairs Taipei City Government 贊助